W0367997

Eva **Kavian**

Eva Kavian avait six ans quand elle a commencé à écrire et dix quand elle a lancé un journal écrit par les enfants du quartier. Elle a été ergothérapeute en psychiatrie, suivi une formation en psychanalyse, vendu du fromage de chèvre et suivi des cours d'art lyrique, mais aussi cofondé le réseau Kalame et créé l'ABSL Aganippé.

Elle anime des ateliers de création littéraire depuis 1985, publie des romans, poèmes, nouvelles et essais depuis 2001 et a été primée (Fureur de Lire, Horlait-Dapsens, Marcel Thiry, sans parler des nombreux prix en littérature jeunesse). Mère d'une famille nombreuse et joyeusement provinciale, elle pense faire partie de ces privilégiés qui ont trouvé la place qui leur convient dans ce monde.

lucpire éditions

© Éditions Luc Pire
[Renaissance SA]
1, avenue Château Jaco – 1410 Waterloo
www.editionslucpire.be

Coordination éditoriale : Éditions Luc Pire
Graphisme : [nor]production
www.norproduction.eu
Illustration de couverture :
© David Rivir Session Live

ISBN : 978-2-87542-108-1
Dépôt légal : D/2015/12.379/4

Ce livre est une fiction. Même si certains personnages sont réels, les situations ont été inventées. Toute ressemblance avec des événements réels est donc fortuite.

Droits de traduction et de reproduction réservés pour tous pays.
Toute reproduction, même partielle, de cet ouvrage est strictement interdite.

ROMANS DE GARE | Kill and read

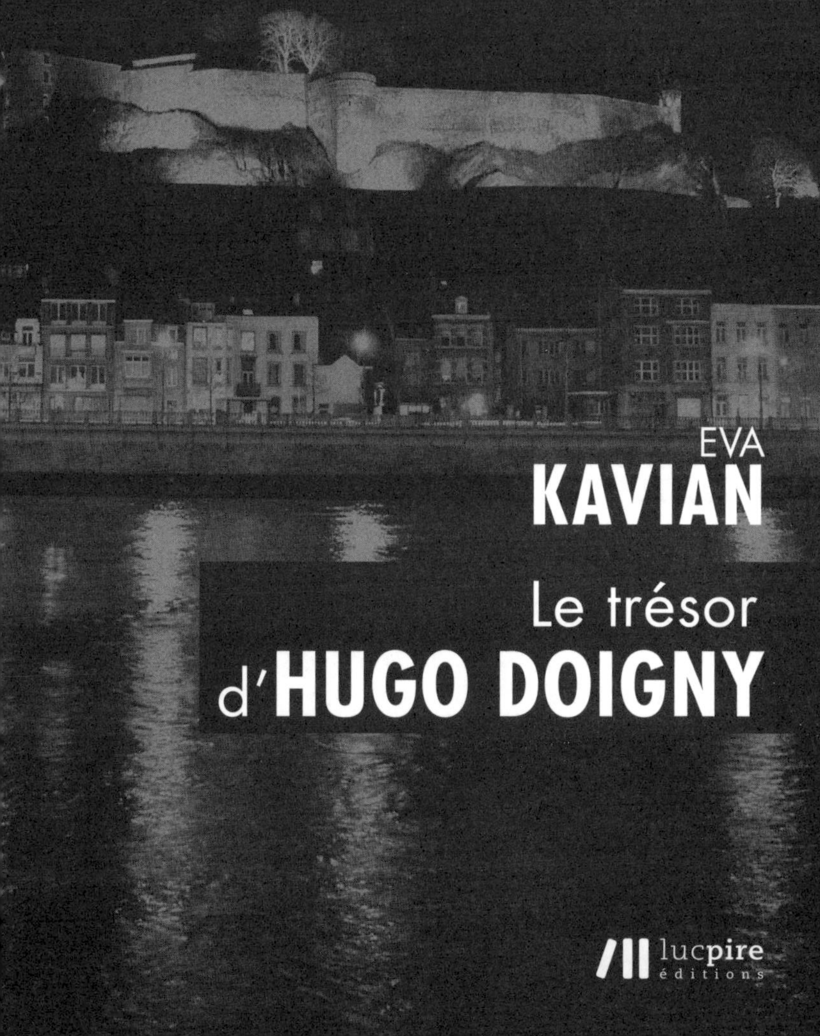

EVA
KAVIAN

Le trésor d'HUGO DOIGNY

lucpire éditions

Pour Erika et Julian

Merci à Christine et Florence
pour leur disponibilité et leur aide précieuse
dans la redécouverte de la Citadelle de Namur.

01

Hugo aime les Namuroises. Rondes ou maigres, riches ou pauvres, en talons aiguilles ou en baskets, le pas vif ou l'allure traînante, il les aime. Sans doute cette odeur sambrée, ce voile mystérieux qui trouble le regard de ceux qui vivent à deux pas d'un confluent ou peut-être encore ce mélange de force et de fragilité dans l'échine des provinciales protégées par une citadelle depuis des générations. À vrai dire, il ignore pourquoi, mais il aime les Namuroises. Ce soir il attendait Charlotte. Elle adorait les sushis, ils iraient chez Riz. Hugo était un peu à l'avance, adossé à l'église Saint-Jean-Baptiste, il regardait la vieille fontaine au pied de laquelle ils avaient rendez-vous. Il voulait la voir arriver. Combien de Namurois ont seulement remarqué la corbeille de fruits et légumes posée sur le chapeau toscan de l'édifice ? Et pourtant, tous les Namurois affluent sur la place aux premiers rayons du printemps, tous les Namurois de souche y ont pris leur première cuite adolescente et aucun ne passerait les fêtes de Wallonie sans la traverser, quitte à perdre une heure à se frayer un chemin dans la foule alcoolisée à outrance. Ce soir, il faisait calme. Hugo était un peu ému. Il était décidé, il avait bien réfléchi, mais tout cela s'était passé si vite qu'il en éprouvait un léger vertige. Il voulait le bonheur de Charlotte, il savait ce qui la rendrait heureuse et cette certitude était devenue son guide.

Charlotte avait choisi la robe à fleurs qui lui faisait une poitrine d'enfer, le tissu fluide lui caressait les cuisses et elle devait se retenir pour ne pas courir. Depuis qu'elle avait rencontré Hugo, les murs de la ville n'étaient plus gris, les aberrations urbanistiques ne lui faisaient plus mal aux yeux, depuis qu'elle avait rencontré Hugo, elle riait pour un rien, elle chantait sous la douche et elle s'en fichait, de vivre dans un studio minable qu'aucun étudiant n'aurait voulu louer, elle oubliait tout et plus rien n'avait d'importance, elle était amoureuse. Le coup de foudre absolu. Comme dans les films en mieux, après deux ans sans toucher un homme. C'était il y a trois semaines, en plein marché de Noël. Entre deux morceaux de boudin aux noix ou deux gorgées de vin chaud, elle essuyait ses larmes en vidant son sac dans les oreilles compatissantes de Louise, enceinte jusqu'aux yeux. Cela faisait un an jour pour jour que Fabian l'avait plaquée, ce saligaud, elle ne s'en remettait pas. Elle aurait peut-être dû quitter la ville, recommencer ailleurs, mais elle avait toujours vécu à Namur et ne s'en sentait pas la force. Louise avait fini par rentrer chez elle et Hugo avait débarqué dans sa vie. *Ça n'a pas l'air d'aller, mademoiselle. Je peux vous aider ?* Ils avaient fait connaissance en mangeant une tartiflette ou plutôt, il avait fait connaissance avec elle. Parce que, elle se l'était demandé en enfilant son pyjama de fille célibataire, que savait-elle de lui ? Il était adorable, attentif, prévenant, très beau. Une version wallonne de Robert Redford en brun et en plus jeune. Il lui avait donné l'impression qu'elle était la personne la plus importante du monde, elle n'avait jamais été aussi à l'aise avec un inconnu, et elle était tombée amoureuse après l'apfelstrudel quand, un peu tremblant, la joue clignotant, il lui avait offert un horrible bonnet de père Noël en lui murmurant *je voudrais être votre cadeau de Noël.* Ils s'étaient vus tous les jours et ce soir, il l'invitait au restaurant. Ce serait peut-être le soir du premier baiser. Parce qu'Hugo, s'il avait l'air épris, s'il la couvrait de compliments et s'il disait ne pas avoir envie de passer une journée sans la voir, ne l'avait pas encore touchée, pas encore embrassée. Comme s'il voulait lui laisser le temps, ne pas la brusquer. Janvier était glacé mais Charlotte était déjà au printemps, elle avait choisi sa robe à fleurs. Elle redécouvrait sa ville, elle avait envie de caresser les murs et, ça alors, elle ne l'avait jamais remarqué, il y avait une corbeille de fruits au-dessus de la vieille fontaine.

Hugo s'est approché, c'est parti mon kiki, *bonsoir Charlotte, tu es magnifique, allons à l'intérieur, j'ai réservé une table.* Il avait pensé à tout, dans les moindres détails. Le temps que la commande arrive, Hugo avait posé un genou à terre.

– Charlotte, j'aime ton rire, j'aime le bonheur dans tes yeux, je veux te rendre heureuse pour toujours, veux-tu m'épouser ?

Il a sorti l'écrin de sa poche, le lui a tendu, l'a ouvert et Charlotte, ahurie par la situation, et son état amoureux la privant de toute jugeote, a dit oui, s'est laissé enfiler la bague et s'est mise à pleurer. Hugo a paniqué, aurait-il raté une marche ? Il s'est relevé fissa, lui a pris la main, *tu es triste ?* Ce serait bien sa veine. Tout ça pour ça. Mais non, Charlotte pleurait et souriait, le rassura, lui dit que c'était le plus beau jour de sa vie. Exactement ce qu'Hugo espérait. La scène a duré une minute à tout casser, les clients ont applaudi, le serveur japonais leur a offert une coupe de champagne, tout le monde a applaudi à nouveau, et Charlotte s'est remise à pleurer, mais ce coup-ci il ne s'inquiétait plus.

Il était deux heures du matin quand il est rentré chez lui. Le temps de prendre une douche, d'imprimer la photo de Charlotte et de la glisser dans le cadre déjà posé sur sa table de nuit, il était trois heures, Hugo s'est servi une dernière coupe de champagne et s'est mis au lit. Avec le sourire de Charlotte, le sentiment du devoir accompli et cette forme particulière de sérénité qu'offre le fait de pouvoir se projeter dans un avenir à sa portée, Hugo s'endormit paisiblement, enfin. Il faut dire que tout s'était passé comme sur des roulettes. Elle était d'accord qu'il l'emmène en voiture, d'accord pour se laisser bander les yeux, d'accord pour mettre la robe qu'il lui avait achetée, d'accord pour se laisser guider. Elle avait confiance en lui, il aurait pu l'emmener où il voulait.

Malgré les yeux bandés, elle pouvait imaginer, après quelques tournants, qu'ils étaient au sommet de la Citadelle. Un chemin de terre sous ses pieds, quelques marches hautes, allaient-ils s'embrasser pour la première fois sur la scène du théâtre de Verdure ? Hugo était un romantique, et elle adorait cela, il était bien capable d'avoir monté un plan de ce genre, après une demande en mariage surprenante mais somme toute assez classique. Alors bien sûr, quand il lui avait demandé de mettre cette robe, elle avait dit oui. Oui, c'est tout ce qu'elle avait envie de dire, Charlotte. Ouiouioui. Oui à la vie, oui au baiser et oui à cette nuit, la plus belle de toutes. Il l'avait aidée à fermer le corset et elle avait aimé sentir les doigts d'Hugo dans son dos, elle avait aimé ses mains glissant sur ses jambes pour ajuster les bas avec tendresse, elle avait aimé le froid de janvier sur le haut de ses cuisses et elle avait aimé dans la nuit et dans le froid, cette tisane amère et piquante, ouiouioui. *C'est le plus beau jour de ma vie, Hugo.*

S'il avait encore le moindre doute quant à la suite des événements, Hugo n'en eut plus. Cette simple phrase justifiait à elle seule ces trois semaines, cette soirée, cette quête qui était la sienne désormais. Il attendit qu'elle soit endormie, ôta le bandeau qui lui cachait les yeux et la prit en photo. Y a-t-il plus émouvant qu'une Namuroise endormie ? Charlotte ne se réveillerait pas de sitôt, il aurait pu la regarder encore longtemps, mais bon, il commençait à se sentir fatigué, demain était un autre jour, il était temps de rentrer chez lui.

L'avantage, avec le champagne, c'est qu'on n'a pas la barre en se réveillant. Hugo déjeuna tranquillement en écoutant *Kindertoten lieder* de Mahler et décida de profiter des soldes après un petit coucou chez Régis, il n'avait plus rien à lire. Régis était son ami. Ils s'étaient rencontrés à l'université, quand Hugo avait choisi de faire Histoire après deux années de Chimie, ils avaient un cours en commun, aimaient les mêmes auteurs et les mêmes bières, puis s'étaient perdus de vue jusqu'au jour où il avait découvert que Régis avait repris la librairie de la place Saint-Aubain. C'est Régis qui lui avait présenté Chrichri, Chrichri qui lui avait trouvé un job d'étudiant à la Citadelle, et ce job qui lui avait permis de rencontrer Marlène. Bref. Toujours est-il qu'Hugo avait besoin de lire comme d'autres ont besoin de voyager ou de faire l'amour et que Régis avait le don de lui conseiller les lectures qui lui convenaient. À passer une ou deux fois par mois pour refaire son stock, Régis était devenu la personne qu'Hugo voyait le plus régulièrement, hormis Marlène, vu son penchant casanier, son travail saisonnier et la mort prématurée de ses parents. Hugo ne souffrait pas de cette vie sociale limitée. Il était fondamentalement un solitaire. À vrai dire, Chrichri était la seule à l'avoir compris et à le respecter comme il était. La première et la seule à l'avoir défendu. Ce n'était pas le genre de femme à demander aux gens d'être autre chose que ce qu'ils sont. Il faisait bien son boulot, il ne comptait pas ses heures, elle n'en demandait pas plus. Et quand les autres jobistes avaient commencé à reprocher à Hugo de faire bande à part, elle les avait remis à leur place. Ils n'étaient pas engagés pour former une bande de potes mais pour bosser. Hugo, ça l'avait chamboulé, qu'une femme aussi belle, aussi intelligente et aussi classe le défende. Il lui en était encore reconnaissant aujourd'hui. Il avait repris confiance en lui, avait poursuivi ses études et, puisqu'après l'université, il ne pouvait plus prétendre travailler comme étudiant, il avait décidé de postuler pour un poste saisonnier de guide, à défaut d'un contrat annuel. Cela faisait cinq ans qu'il vivait ainsi : six mois avec des horaires de dingue en français néerlandais anglais, et six mois à hiberner sous les livres de poche. De fil en aiguille, il connaissait la Citadelle comme s'il avait lui-même terrassé Terra Nova et c'était à lui que Chrichri confiait dorénavant la formation des nouveaux jobistes. C'est ainsi qu'il avait rencontré Marlène. Elle finissait son bac en histoire, et avait été engagée comme guide d'été avec trois autres. Pour la première fois de sa vie, Hugo avait confondu Vauban et Aubain, la Tour au Four et la Tour aux Chartes. Il s'était méchamment cogné le crâne dans les contre-mines rien qu'à entendre sa voix claire et amplifiée. Cette fille n'était pas comme les autres. Pour la première fois, et Chrichri l'en avait délicatement félicité, il avait partagé les temps de midi avec les jobistes. Pour la première fois, Hugo perdait les pédales devant une fille. Tous les symptômes littéraires étaient là : il était amoureux. Il dragua de manière malhabile et désuète, juste de quoi attendrir une universitaire fraîchement diplômée, reprit l'assaut plus décidé que jamais l'été suivant, et obtint la reddition au terme de la troisième saison touristique à lui faire du grain, cette fois nourri de lectures hivernales moins proustiennes. Ils sortaient ensemble depuis deux ans quand Marlène l'a quitté. La douche froide. Il s'attendait à tout sauf à ça. Il avait appelé Chrichri juste avant de se suicider, il hésitait encore entre la Sambre, le pont de Louvain et la chaussée de Charleroi, et elle l'avait aidé de son mieux, entre une demande de subvention et le pédiatre de son fils qui n'avait rien trouvé d'autre que de lui faire une varicelle à peine remis des oreillons. *Tu dois regarder devant, Hugo. Il y a d'autres femmes. Essaie de tirer des enseignements, garde le bon et oublie le reste. Tu as tout ce qu'il faut pour rendre une femme heureuse. Prends le temps de réfléchir, mais ne tarde pas trop non plus. Il faut rebondir. Ne pas t'enfermer dans la tristesse. Tu as des qualités, des compétences, tu es un beau gars, tire profit de tout cela et ne fais pas comme tous ces gens qui s'apitoient sur leur sort.* S'il y a bien une chose qui la gonfle, Chrichri, c'est les *mater dolorosa*, les plaintifs chroniques et les j'aurais-dû-si-j'avais-su. Elle n'avait écouté le récit d'Hugo que d'une oreille. Un chagrin d'amour est un chagrin d'amour. Quand c'est fini c'est fini. Et si c'est pour finir, autant ne pas faire durer. Ce qui comptait, c'était qu'il ne lui fasse pas une dépression à quatre mois de l'ouverture de la saison. Cette Marlène, avec ses envies de faire un doctorat sur le mésolithique dans la Médiane, elle ne la sentait pas du tout mais alors là pas du tout. Pas question de tout ouvrir, de faire des fouilles pendant quatre ans pour trouver trois fossiles et réduire les parcours de visite sans avoir les moyens budgétaires de diminuer les tarifs pour les touristes. Que Marlène quitte Hugo était un premier pas. Tout espoir était permis. Quelle fille un peu futée irait faire des fouilles à l'endroit où elle a rencontré le gars qu'elle quitte après deux ans au risque de le croiser tous les jours pendant des années ?

Les paroles de Chrichri avaient rapidement fait leur chemin dans l'âme confiante d'Hugo. Il avait commencé au marché de Noël, il poursuivrait aux soldes. Là aussi, les femmes se confiaient à leur copine. Il ne prit que deux livres chez Régis, histoire de ne pas s'encombrer, et se dirigea place de l'Ange en évitant la place du Marché aux Légumes. Comme chaque fois depuis qu'il habitait à Namur, il s'arrêta devant les Cafés Delahaut. Il aimait le parfum du café torréfié et faisait mine de regarder la vitrine pour en profiter sans avoir l'air con, au milieu du trottoir, à inspirer jusqu'au tournis. Depuis combien de temps vivait-il dans cette ville ? Cela ferait dix ans en septembre. Il venait de s'inscrire en médecine, visitait la ville avec ses parents pour se trouver un kot. Sur le chemin du retour, bourrés au peket comme des zouaves napoléoniens sur les routes de Malonne, ses parents, joyeux Montois pourtant rompus à toutes les ripailles, s'étaient crashés sans faire d'autres victimes. Après avoir vu ce qu'il restait de ses géniteurs, l'idée de devoir apprendre l'anatomie en disséquant des cadavres lui était devenue impensable. Il avait choisi la chimie. Plus rien ne le retenait à Mons ni nulle part.

Ce n'est déjà pas simple de s'adapter au rythme universitaire, alors quand on vient de perdre ses parents, ses repères originels, on ne se fait guère d'illusion. Il rata la première année à deux reprises mais profita de ce temps pour s'adapter à la ville qui le séduisit avant même qu'il ne découvre que c'étaient ses habitantes qui, en réalité, avaient sur lui un effet addictif. Plus que tout, durant ces heures brossées avec application, il aimait regarder les femmes. Il les suivait, les humait, sans intention particulière, captif de ce charme provincial qu'elles dégageaient, si différent pourtant de celui des Montoises qui l'avaient toujours laissé de marbre. Après un an, il était capable de dire, rien qu'en les voyant marcher, si elles étaient namuroises d'origine ou d'adoption. Après deux ans, il savait, en croisant son regard, si une femme était namuroise depuis plus de deux générations ou pas. Ses préférées. Celles-là avaient dans le regard une forme douce d'assurance. Elles étaient ancrées. Elles dégageaient, de l'avis d'Hugo, une séduction à la fois rassurante, assumée et sobre.

C'était toujours comme ça, devant la vitrine des Cafés Delahaut, un mélange de plaisir olfactif et de nostalgie. Sur le trottoir d'en face, de dos, deux femmes regardaient la vitrine de l'agence de voyages. Il traversa. La grande voulait faire une surprise à son homme pour la Saint-Valentin. La ronde ne se souvenait plus d'avoir reçu la moindre fleur un quatorze février, depuis la troisième année de vie commune, alors le sien pouvait se brosser. Elle lui ferait une blanquette si elle était de bonne humeur, mais un voyage, non, elle préférait garder ses sous pour les soldes. Elle riait mais Hugo voyait bien qu'elle était affectée, et selon lui, cette amie était bien cruelle d'exposer ainsi son bonheur. Il les suivit un moment puis continua avec la ronde, quand elles se séparèrent. Une pure souche. Namuroise depuis la fusion des communes mais probablement issue de Jambes ou Salzinnes : elle regardait les vitrines comme une femme qui n'habite pas au centre-ville et fait un tour consciencieusement, sachant qu'elle ne repasserait pas avant au moins dix jours. Manifestement, elle ne voyait rien à son goût. Avoir les mains vides, après quatre boutiques, un jour de deuxième démarque, cela puait le désarroi, il en était sûr. Si ça se trouvait, son gars ne la regardait plus depuis perpète. Comment dénicher des fringues avec lesquelles se sentir belle dans ce climat d'abandon ? Hugo n'avait rien contre les rondes, rien pour non plus. Cet élément n'entrait pas en compte dans sa sélection personnelle. Il avait fallu en élaborer une néanmoins, se fixer des objectifs réalistes, ne pas risquer de se perdre dans une quête au-dessus de ses moyens. Il voulait faire les choses bien. Cette femme remplissait les deux critères principaux, cela lui suffisait. Elle s'assit sur un banc et regarda l'Ange. Décidément, cette femme lui convenait très bien. *Savez-vous que l'Ange a été recouvert de 1001 feuilles d'or ?* Il s'était installé à côté d'elle, regardait l'Ange et se réjouissait d'avoir choisi Histoire plutôt que Chimie. Hugo s'arrangea pour la croiser à nouveau, puis il lui parla du destin et lui proposa un chocolat chaud à la Maison des Desserts. Il savait parler aux femmes. Ils prirent tous deux une trilogie au chocolat et Hugo veilla à garder le cap historico-sympathique avant de lui dire, bon sang, qu'allait-il lui dire, avant de lui dire, donc, qu'il adorait lire, d'ailleurs il venait de chez Point Virgule. Elle aussi, et elle avait acheté les mêmes. À croire que Régis voulait à tout prix liquider son stock de J.C. Oates, mais Vinciane, elle, conclut en rigolant que le destin avait dû choisir de réparer la rencontre ratée à la librairie en les guidant ensuite vers le même banc. C'est dingue comme la confiance peut s'installer rapidement quand deux êtres se découvrent des lectures communes. Il avait suffi de cela et, Hugo en était certain, ce n'était déjà plus qu'une question de jours. Pour la Saint-Valentin, tiens. Malgré tout, il mesurait que séduire une moche, parce que selon les critères classiques Vinciane était franchement moche, sympa mais moche, ce n'était pas si simple. Dans une première approche, ça coule comme la Sambre vers la Meuse : la moche ne se méfie pas des séducteurs, elle sait très bien qu'elle n'est pas une cible prisée. Le contact est donc amical, sain, sans chichi inutile. Pas compliqué de proposer un rancard, il suffit de surfer sur ses centres d'intérêt. Vinciane venait de terminer consciencieusement sa trilogie au chocolat, pendant qu'il lui expliquait que les frites avaient été inventées à Namur, en attestait le manuscrit de Joseph Gérard, ancêtre de l'historien Jo Gérard, environ en 1680, quand il eut l'idée du siècle. *Si vous êtes libre demain, je vous fais visiter le Namur du XVIIe siècle.* Emballé c'est pesé. *Les habitants des bords de Meuse y pêchaient du menu fretin qu'ils faisaient frire. En hiver, quand le fleuve était gelé, ils découpaient des morceaux de pommes de terre en forme de poissons et les faisaient frire, la frite était née.* Il ne fallait pas en rajouter une couche, Hugo voyait bien que Vinciane adorait l'écouter raconter, il voulait en laisser pour les jours suivants, tout est dans l'attente et le manque, belles ou moches même combat. Il la remercia pour le plaisir de la conversation, c'était si agréable de rencontrer une femme intéressée par autre chose que les soldes, il régla l'addition et lui tendit la main d'une poigne sans équivoque.

Hugo commençait à ressentir les effets de sa trop courte nuit. Il lirait quelques pages mais ne tarderait pas à aller dormir. Pour le plan, il serait toujours temps d'y réfléchir demain.

02

Vinciane se sentait légère. Elle avait retrouvé une énergie du diable et avait l'impression de redécouvrir son métier. Elle préparait ses cours comme une débutante encore remplie d'illusions, elle parlait à ses élèves de Baudelaire et de Rimbaud, de la correspondance de Rops et leur lisait Michaux quand il restait deux minutes au lieu de les laisser filer avant la sonnerie pour avoir le temps de s'en griller une en sirotant son café. Raconter l'Histoire comme une histoire, faire les liens entre les lieux et les gens, entre l'époque et la philosophie, parler de l'art comme d'un moteur pour la société, de la création comme d'un outil de réflexion à portée de tous, chercher, dans les textes censurés d'hier, les messages pour aujourd'hui, c'est Hugo qui avait réveillé en elle la jeune femme passionnée. Que lui était-il arrivé pendant ces quinze dernières années ? Jean-Phil ne pouvait être le seul responsable, avec son côté pépère du dimanche obsédé par la tonte de sa pelouse. En dehors de sa pelouse, Jean-Phil était l'incarnation de la passivité assumée. Si elle ne l'avait pas entrepris le jour de la remise du diplôme, il vivrait sans doute encore chez sa mère. Surtout ne rien bouger ne rien changer ne pas prendre de risque.

Depuis qu'elle avait rencontré Hugo, Vinciane avait à nouveau vingt ans. Elle avait envie de se laisser emporter par ses récits et ses idées saugrenues. Parce que oui, l'idée de ce soir était pour le moins saugrenue. Mais bon. Elle venait de se réveiller à elle-même, ce n'était pas pour aller prendre les poussières sur la tondeuse. Elle n'en avait parlé à personne. Qui pourrait comprendre qu'elle passait son temps libre avec un gars de trente ans, beau comme un dieu, brillant et passionnant, depuis près de trois semaines ? Qui n'y trouverait pas à redire ? Elle n'avait pas envie de réflexions déplacées, de sous-entendus graveleux ou de mises en garde à la Jean-Phil. Hugo aurait presque pu être son fils. Ou son frère. Sa jeunesse et sa beauté clarifiaient d'elles-mêmes leur relation. D'ailleurs, jamais Hugo n'avait eu le moindre geste, la moindre parole déplacée. Leurs rencontres étaient simplement joyeuses, naturelles, évidentes, amicales. Vraiment, Vinciane n'avait pas envie des préjugés salissants. D'une certaine manière, le secret de cette relation lui donnait du piquant. Elle avait toujours tout partagé avec Jean-Phil et y avait peut-être perdu une part de mystère. Avec lui aussi d'ailleurs, elle se sentait plus passionnée depuis trois semaines. Avoir un secret aiguisait ses sens. Ce mélange de culpabilité et de jubilation lui procurait un peps formidable. Tout de même, ce soir, Hugo l'intriguait. Qu'avait-il inventé ? *Moi, je vais t'emmener en voyage. Je vais te faire rêver.* Tout ça parce qu'après quelques jours, dans cette confiance naturelle qui s'était installée entre eux, elle lui avait dit qu'elle aimait voyager et qu'elle regrettait que son mari soit si casanier. *En tout bien tout honneur. Tu dois me faire confiance, je te donnerai les consignes au fur et à mesure. Le 13 février. Tout sera terminé à minuit quinze. À minuit, tu vivras un de tes rêves, fais-moi confiance.* Vinciane adorait cela. Ce mystère rafraîchissant comme une bruine en pleine canicule. *Il faut que tu mettes des escarpins. Plutôt clairs. Avec des talons.*

Hugo était déjà sur l'embarcadère, Vinciane n'allait pas tarder. Il avait belle allure dans son costume. Il faisait noir et il avait choisi de lui donner rendez-vous derrière Tabora, en toute discrétion, elle serait plus à l'aise. À bien y réfléchir, il avait avancé quelque peu son timing. Ce serait le 13 et non le 14, mais il attendrait minuit pour sortir le grand jeu, Vinciane aurait donc une Saint-Valentin à la mesure de ses rêves et lui, il aurait la journée du lendemain pour faire ses repérages. Le jour de la Saint-Valentin était idéal, il n'aurait pas pu trouver mieux. Il devait profiter des semaines à venir, il s'en rendait bien compte. Dès avril il travaillerait six jours semaine et devrait faire une pause dans ses projets personnels. Il espérait passer à la vitesse supérieure d'ici là. Il était content. Il avait mis le paquet pour Vinciane et elle le méritait bien. En installant le décor, il n'avait pu s'empêcher de repenser à la salle qu'il avait préparée pour Marlène. Au visage de Marlène quand elle avait vu ça. Pas question pour autant de choisir le même lieu pour Vinciane, cela eût été sacrilège. La salle de la galerie Médiane resterait la salle où il avait demandé la main de Marlène. Heureusement, il avait fait dupliquer son trousseau de clés avant de le rendre à Chrichri à la fin de la dernière saison. Une fameuse inspiration. À ce moment-là, il aurait été bien en peine d'expliquer son geste. Cela s'était imposé à lui. Chaque année, à la fin du mois de septembre, il était pris d'un cafard sourd rien qu'à penser que pendant les six mois à venir, il serait sans travail. Non pas qu'Hugo soit de ceux qui ne s'épanouissent que dans leur vie professionnelle, mais il aimait la Citadelle. C'était dans son cœur, qu'il se sentait pleinement chez lui, vivant, en adéquation avec l'univers, avec l'histoire du monde et de cette ville en particulier qui lui avait tout pris et tout donné à la fois. C'était dans les souterrains, dans cette odeur un peu âcre et mouillée, crue, qu'il aimait respirer. Il aimait fermer les grilles quand le dernier touriste du groupe venait de la franchir. Les enfermer pour les guider lui donnait des frissons. Il aimait la tension dans sa ceinture lombaire quand, pour parcourir les contre-mines, il devait se pencher et cela une dizaine de fois par jour. Il aimait toucher ces parois que des hommes prêts à mourir avaient effleurées en tremblant. Il avait l'impression, durant six mois, de poser ses pieds là où Blanche de Namur elle-même avait posé les siens et oui, il adorait cela. Ce raccourci temporel. C'était bien simple, pendant six mois, chaque année, il voyageait dans le temps. Non, la mort n'arrêtait rien. Pour peu que les lieux de la vie des corps subsistent, les âmes continuaient à les habiter, il le sentait. Quand il arpentait les balades balisées, il était nourri de la force de Maximilien de Habsbourg, il pleurait les pertes de Jean III de Dampierre, il protégeait la ville avec Vauban et il l'agrandissait avec don Juan alors, quand il devait remettre son trousseau à Chrichri, d'un coup, c'était le grand vide. En septembre dernier, il avait simplement fait un double des clés. Il n'avait pas à ce moment l'intention d'y revenir en douce, il voulait juste savoir qu'il en avait la possibilité. Chrichri aurait compris. Elle aurait refusé, bien sûr, et il ne voulait pas la mettre en difficulté, il la respectait trop. Dupliquer le trousseau sans rien dire ne faisait de mal à personne. Ce soir, en le caressant dans la poche de sa tunique, il était en paix avec lui-même, il œuvrait dans un but noble et désintéressé.

Vinciane arrivait, il entendait les claquements maladroits de ses talons surchargés. Il lui tendit la main pour l'aider à grimper dans la Namourette puis, dès que le tangage le permit, il lui remit le paquet contenant la robe médiévale louée chez Feu Follet, en même temps que sa tenue. Finalement, cela tombait bien que le blanc ne soit pas la couleur des mariés au XVe siècle, Vinciane ne serait pas mal à l'aise. *Tu n'es pas obligée de la mettre, mais ce soir, je t'emmène au XVe siècle, et personne ne nous verra, ne t'inquiète pas.* Vinciane se les gelait déjà fameusement, elle garda son legging et son Damart, enfila la robe, en se réjouissant qu'elle soit de velours et manifestement à sa taille. Hugo avait du mérite. Encore une chance que le Feu Follet loue des costumes adaptables. Il aida Vinciane, un peu gauche mais amusée par la situation, défroissa les plis de la jupe et la coiffa du chapeau voilé. *Tu es magnifique.* Il le pensait. Franchement, ce que la mode inflige aux rondes aujourd'hui est un scandale de mauvais goût.

Jamais on n'avait dit cela à Vinciane, ni Jean-Phil ni sa mère, personne. Avait-elle bien entendu ? Oui. Elle le voyait dans les yeux brillants d'Hugo. Il la trouvait belle et elle en frissonnait comme une gamine mais bon sang que cela faisait du bien. Vinciane de Salzinnes redressa la tête fièrement, regarda Hugo Doigny dans les yeux et fit une révérence devant son maître d'un soir, son ami, ce drôle d'énergumène qui pimentait sa vie avec une créativité érudite et joyeuse. Le moteur vrombit et ils partirent sur la baleinière louée pour l'occasion sans rencontrer un chat. Ils avaient vidé une bouteille de champagne quand ils accostèrent au Grognon en revenant de Wépion, le timing était parfait, ils papotaient de tout et de rien, Vinciane riait, l'enfant en elle était vivant et ça lui faisait un bien fou. Plus jamais du terne et du morne, plus jamais une vie sans fantaisie, elle allait surprendre Jean-Phil, elle allait le réveiller, son homme, son amour. C'était sa faute à elle aussi, ce glissement insidieux vers l'ennui à deux. Elle le comprenait. S'il fallait un moteur à la fantaisie, elle serait ce moteur. Qui aurait cru, il y a trois semaines, qu'elle gravirait la Citadelle aux bras d'un beau gars, déguisée en dame du Moyen Âge, pompette et si heureuse que ses pas se faisaient légers malgré les trois cloches qui déjà crevaient la peau de ses chevilles ?

Vinciane soufflait comme un bœuf, à ce train-là elle lui ferait un infar avant le vieux puits, Hugo ralentit la cadence. Il voulait qu'elle profite pleinement du moment. Lui aussi, il se sentait heureux. Chrichri avait raison, il avait des compétences et s'il lui avait fallu quelques semaines pour tirer les enseignements du départ de Marlène, il savait ce soir-là qu'il pouvait rendre une femme heureuse, mais, plus encore, que cela lui procurait une joie apaisante, ça le réparait, en quelque sorte, de cette blessure sans nom qui avait vidé ses tripes quand il avait découvert le désarroi de Marlène. Ils finirent par arriver devant la Tour au Four, il alluma les bougies et fit entrer Vinciane qui, bien qu'ayant toujours vécu au pied de la Citadelle, n'avait jamais pris la peine de la visiter. C'est une chose qui échappait à l'entendement d'Hugo. Qui, parmi les cent mille habitants du grand Namur, avait réellement visité la Citadelle ? Il s'en trouverait pas mal qui auraient été aux concerts gratuits de Verdur Rock, pas mal aussi au cirque, sur l'esplanade, et quelques centaines sans doute, à avoir assisté aux coûteux saccages causés par le motocross, sans parler des bourgeois qui vivaient dans les luxueuses maisons qu'il aurait bien rasées, s'il n'avait tenu qu'à lui, pour rendre au lieu sa magie originelle. Il y avait les familles nombreuses, qui venaient occuper les gosses aux journées médiévales et les apôtres de la solidarité, qui depuis peu éclusaient des litrons de bière en pataugeant dans la boue sous les éternelles mélodies des années quatre-vingt reprises par un lauréat de The Voice, mais au bout du compte qui, parmi tous ceux-là, savait que Blanche de Namur n'était pas qu'une bière, qui savait que les contre-mines avaient été creusées pour entendre l'ennemi tenter de placer des explosifs dans la muraille et qui, bon sang qui, savait qu'au mésolithique des hommes s'étaient postés au sommet de l'éperon rocheux pour observer le confluent en suçant un os de cerf rouge ? Marlène. Marlène savait tout cela, elle était comme lui. Sa chance à elle était d'être native. Elle avait passé son enfance dans l'arboretum, elle jouait à cache-cache dans la Médiane et son père faisait partie des derniers para-commandos en poste dans la caserne de Terra Nova. Il avait fait vibrer son enfance de récits et tout naturellement, elle avait choisi de s'inscrire en histoire. Hugo avait été le seul à la soutenir pour son projet de doctorat et, s'il comprenait les réticences tacites de Chrichri, il comprenait également le besoin de Marlène d'aller au bout de la connaissance de ce site.

Il lui restait une heure à tirer avant minuit. Ils jouèrent au jacquet en écoutant des madrigaux puis, à minuit tapant, il se leva, posa un genou au sol et dit, porté par l'acoustique étonnante de la pièce :

– Dame Vinciane, votre rire m'est précieux, votre bonheur éclaire si bellement votre regard que je voudrais le voir pour toujours enluminer les tendres ridules qui tracent autour de vos yeux les lettres de la noblesse de votre âme. Voulez-vous m'épouser ?

C'était un jeu, Vinciane le savait bien, mais à quarante berges, après plus de quinze ans de vie commune, c'était tout de même sa première demande en mariage, puisqu'avec Jean-Phil, elle avait dû faire la demande elle-même, choisir les alliances, réserver la salle et tout le toutim, tout en le rassurant, factures à l'appui – ils auraient encore de quoi payer leur loyer le mois suivant – alors oui, elle a dit oui à Hugo, pour le jeu mais, elle le sentait bien, pour soigner cette petite griffe que la vie avait infligée à son âme romantique. Dans la pièce ronde de la Tour au Four, décorée avec soin et sobriété par le jeune homme fantasque qui la réconciliait avec la jeunesse blasée et inculte qu'elle côtoyait chaque jour, Vinciane, qui avait déjà une demi-bouteille de champ' dans le coco et voyait la vie en rose fluo, préféra la tisane qu'Hugo lui proposait à la flûte qu'il tendait de l'autre main. En général, les tisanes, elle évitait. Tant qu'à boire du chaud, elle préférait une soupe lyophilisée à cette sensation d'eau chaude qui lui creusait le torse. Sa préférée restait la « chicken poulet » que Jean-Phil lui préparait depuis quinze ans juste avant qu'elle ne monte se brosser les dents. Mais cette tisane-ci, était-ce l'ambiance, la soirée hors du commun ou ce plaisir de jeune fiancée qu'elle découvrait malgré tout, cette tisane, tendue par Hugo avec délicatesse, elle en aima le piquant, la légère amertume. Plus jamais elle ne prendrait une soupe avant d'aller dormir. Le liquide était brûlant. Vinciane regardait Hugo siroter le champagne, elle le regardait dans les yeux, par-dessus le bord de la tasse dorée et pas un instant, dans ce profond échange visuel, elle ne vit quoi que ce soit de déplacé, de glauque, de risqué. Elle était la femme d'un seul homme, elle était heureuse de boire une tisane avec un autre, elle ne faisait franchement rien de mal.

C'est dans les yeux de Vinciane, au moment précis où il y plongeait les siens par-dessus cette horrible imitation en porcelaine, qu'Hugo reprit réellement confiance en lui et décida d'accélérer le processus. Rendre une femme heureuse était désormais à sa portée. Ce n'était finalement pas très compliqué, il suffisait d'y mettre du sien. Être amoureux d'une femme ne suffisait pas à la rendre heureuse, il le savait maintenant. Il fallait aller plus loin. Écouter son âme, s'intéresser à elle. Entrer dans son univers. Ça ne tombait pas du ciel, non. Il était bien placé pour le savoir à présent. Quand Vinciane s'endormit, il prit une photo. Elle était belle, terriblement vivante, éclairée de joie et des flammes vacillantes des bougies qui allaient bientôt le lâcher, pas question de traîner. Il l'installa confortablement, rangea la Tour avec soin, descendit par la route merveilleuse et alla amarrer la Namourette comme prévu avec Serge, à côté du Quartier Quintus. Longer la Sambre pour retrouver sa voiture sur le parking de Tabora lui fit le plus grand bien. Il devrait se promener de temps en temps avant d'aller dormir au lieu de s'abrutir à terminer un roman pour justifier de commencer la lecture du suivant.

Il rentra chez lui, imprima la photo de Vinciane et la glissa dans le cadre déjà posé sur sa table de nuit, il était presque trois heures. Il repensa à la femme usée, vieille avant l'heure, moche par habitude, qu'il avait croisée devant une agence de voyages trois semaines plus tôt et il se dit, en regardant la photo de la châtelaine du château des Comtes, qu'elle était heureuse et que grâce à lui, elle ne souffrirait plus jamais. En tant que travailleur saisonnier, Hugo n'avait jamais ressenti le bienfait des rituels, des habitudes. Il y avait bien le sempiternel monologue préimprimé destiné aux apprentis guides, qu'il avait signé lors de son premier engagement, mais il prenait depuis pas mal de libertés lors des visites qu'il agrémentait de ses connaissances chaque année élargies. Il y avait, évidemment, le bruit des clés lors de l'ouverture et de la fermeture des grilles, à chaque passage, dix fois par jour, et le brossage des dents, matin et soir, mais dans son quotidien, en réalité, il était prêt à tout changement et n'avait jamais eu besoin de ritualiser quoi que ce soit. Malgré l'heure tardive, au seuil de cette journée qu'il savait décisive, il se versa une coupe de champagne devant la photo de sa fiancée et se dit que c'était bon. Ritualiser ce moment le rendait plus réel. C'était, à l'instar de Chrichri quand elle allait se faire un café après avoir bouclé un dossier, une manière de passer au suivant.

Hugo s'endormit paisiblement, comme depuis trois semaines. À croire que s'occuper du bonheur des autres avait un effet apaisant, lui qui avait à peine fermé un œil depuis le départ de Marlène.

Où vont les femmes malheureuses le matin du 14 février ? Au Pain Quotidien, se dit-il dans un dernier soubresaut de conscience. Il irait y prendre son petit déjeuner, à la grande table, cette version écolo puriste du site de rencontre. Là où déjeunent celles qui croient à leur jour de chance. En plus du rituel, Hugo avait remarqué qu'aller dormir avec un projet concret à l'esprit pour le lendemain favorisait la profondeur de son sommeil.

Il dormit sans un rêve et se réveilla dans une forme du tonnerre. Ce serait une journée de repérages, il emmena un carnet. Il ne put s'empêcher de penser à Sabine, la copine de Chrichri qui l'appelait pendant les heures de bureau chaque fois que son gars lui avait mis une torgnole. Il n'avait aucune sympathie spontanée pour elle mais il devait bien avouer que si une nana avait besoin de lui, c'était elle. Cruel dilemme. À la fois, s'en occuper libérerait Chrichri d'une charge trop lourde pour elle, d'une quête sisyphienne, à la fois il avait compris que Chrichri, ça l'épanouissait de veiller sur les autres. S'occuper de Sabine, c'était marcher sur ses plates-bandes. L'amitié est un concept qui posait problème à Hugo. Il avait Régis, bien sûr. Et s'il n'était pas le seul client régulier de sa librairie, il pressentait que le lien qui les unissait était particulier. Hugo regrettait que les écrivains postérieurs à Cicéron ne se soient pas davantage penchés sur la question, il aurait eu des repères. Les rares romans fondés sur une relation d'amitié se terminaient ou démarraient sur la mort de l'un, sur la découverte d'une homosexualité refoulée ou exploitaient l'amitié comme contexte plus que comme thématique majeure. L'ami de l'un enquêtait sur la mort de l'ami de l'autre, ou encore l'amie finissait dans les bras du mari de l'autre et ainsi de suite. Dans sa conception des choses, l'amitié était un mythe aussi rentable que le paradis pour les humains qui ne supportaient ni la solitude ni l'idée de la mort. Hugo, en ces choses formé à l'école de la vie, ne comprenait pas que Chrichri continue à décrocher le téléphone quand Sabine appelait. Comme si elle n'avait que ça à faire. De là à intervenir dans leur relation, il y avait un pas qu'il ne franchirait en aucun cas, tant il avait de l'estime pour sa cheffe quant à ses compétences pour gérer les situations problématiques. Au pire, il s'occuperait de Sabine cet été, les occasions ne manqueraient pas, et il pouvait d'ici là se consacrer aux femmes qui ne débarqueraient sûrement pas au service touristique de la Citadelle. Chacune son tour.

Il était sur le point de partir quand il eut un haut–le-cœur au souvenir d'un détail de la nuit. Charlotte commençait à puer sérieusement. Il n'avait pas pensé à ça et il était grand temps. Il avait compté sur les températures fraîches des souterrains mais non, cela ne suffisait pas. Pour le reste, a priori, rien à signaler. Charlotte semblait heureuse. C'était le principal. Après avoir allongé Vinciane, il avait eu envie de voir si tout allait bien pour Charlotte. Le bonheur d'un instant n'avait guère de sens. Il n'était pas du genre à bâcler le travail, à se satisfaire de peu. Il était temps qu'il aille déjeuner ou qu'il pense à autre chose parce que franchement, le souvenir de cette odeur un lendemain de veille, ça ne vous guérissait pas d'une gueule de bois fût-elle au champagne.

03

Comme prévu, la table d'hôtes du Pain Quotidien était remplie de femmes. Hugo n'avait que l'embarras du choix, en ce matin de Saint-Valentin honni par les filles seules, dédaigné par celles qui s'étaient mariées au siècle dernier et tant espéré par les amoureuses de fraîche date remplies d'illusions. À regarder la tablée, Hugo eut une légère angoisse : il ne viendrait jamais à bout de la tâche qu'il s'était assignée. Mais il s'était dit cela au début de chaque blocus et il avait survécu, à défaut d'obtenir le moindre diplôme. L'important était le chemin. La participation. Il regarda par la fenêtre, histoire de se recentrer sur ses objectifs et vit Sophie se diriger vers la rue de la Croix en vélo. Sur le porte-paquets, il y avait Félix. Dans le sac à dos, il y avait Léon. Accroché à un siège improbable, sur le guidon, il y avait Firmin. Endormi dans le sac ventral, il y avait Robert. A-t-on idée d'affubler ses enfants de tels prénoms ? Mais avant d'apprendre comment s'appelaient les rejetons, avant de savoir le prénom même de cette mère courage qui avait choisi comme père pour ses enfants un gars qui refusait de faire des heures supplémentaires pour payer une bagnole à sa nana, Hugo vit le cheval Bayard, les quatre fils Aymon et renonça à son petit-déjeuner, convaincu qu'il venait de voir passer sa raison de vivre.

Cette femme devait avoir épousé un homme qui n'avait pas entendu parler de la pilule et lui sautait dessus dès qu'elle avait fini de laver les vitres, comme Foenkinos, ce n'était pas possible autrement. Un obsédé sexuel comme John Irving, qui allait faire sa muscu en plein accouchement. Un ropsien avare qui refusait de se lever à 6 heures pour prendre le Thalys et misait tout sur la même fille. Hugo n'avait pas encore commandé, il repasserait pour le brunch, il enfila sa veste et se fendit d'un petit jogging, à la poursuite de Sophie, à jeun. Arriva ce qui devait arriver, il tomba dans les pommes sur la place d'Armes, à la seconde même où Sophie déchargeait sa progéniture sur le seuil de l'immeuble où elle habitait. C'était son jour de chance.

Quand Hugo reprit ses esprits, Laetitia s'apprêtait à lui faire du bouche-à-bouche, Brigitte lui tapotait les joues, Françoise cherchait ses papiers et Axelle se penchait en rêvant. Elle avait dû se faire violence pour sortir de chez elle ce matin mais elle était une battante, son père le lui avait dit, les yeux confiants, avant de cracher son dernier glaire. Après trois mois de pleurs, Axelle avait décidé de prendre les dernières paroles de son père pour l'expression de ses ultimes volontés, et ça pas plus tard que ce matin. Elle avait misé sur le jour du saint des amoureux, elle ferait un tour en ville. Namur regorgerait d'hommes qui se rinçaient l'œil dans les rayons lingerie de l'Innovation, d'hommes qui faisaient un saut en dernière minute dans une bijouterie et d'hommes qui en profitaient pour se racheter un costard, prétextant le restaurant chic réservé la veille tout en râlant sur l'augmentation éphémère du prix des roses. Et voilà qu'en traversant la place d'Armes, avançant d'une allure combative telle une amazone des temps modernes (le sein droit pas encore refait après une ablation féroce), elle avait croisé le regard de cet homme magnifique, elle avait vu qu'il la trouvait belle, là, juste en la croisant, et il était tombé à ses pieds, à croire que.

Hugo voulait bien faire tout ce qui était en son pouvoir pour le bonheur des femmes, mais si celle-là, avec ses gros seins, approchait encore, il mourrait étouffé, c'était sûr. Dans ce sursaut de lucidité, il se redressa, bouscula involontairement Laetitia qui bouscula Brigitte et Françoise, et s'accrocha du regard au crâne somptueux d'Axelle. Cette femme en avait bavé. En bavait encore. Son gars l'avait larguée et elle restait droite, fière, elle arborait sans gêne sa mutilation, elle affichait sa décrépitude et n'attendait rien de personne. Hugo se revit, coincé dans l'habitacle de la voiture, ne s'y retrouvant plus entre les lambeaux corporels parentaux, ne sachant plus à qui était quoi, et il vit dans le regard d'Axelle la force qu'il en avait retiré. C'était le sein droit, il en était certain. Quand il s'était relevé, un peu brusquement, elle avait eu ce réflexe typique de protéger ce qui n'est plus. D'un coup, il avait envie de le voir. Ce sein perdu. Il avait envie de voir le lieu de l'arrachement et ça le fit bander, merde alors. Manquait plus que ça. Toujours au mauvais moment au mauvais endroit.

Il accepta la main qu'Axelle lui tendait en toute simplicité, et dit qu'il avait faim. Il n'y avait rien de plus vrai. Il leur proposa un petit-déjeuner chez Bodart, pour les remercier : tant de gens seraient passés à côté de lui sans s'arrêter. Dans son cerveau hypoglycémié, Hugo ne put malgré tout s'empêcher de penser qu'il venait de tirer là une fameuse brochette, c'était décidément son jour de chance, il avait été bien inspiré et, entre quatre je-suis-là et une tu-connais-mon-adresse, le dernier des connards n'aurait pas laissé filer non plus.

Après quelques semaines à se soucier des peines féminines, Hugo avait comme développé un sixième sens. Laetitia était célibataire et sexuellement en manque, Brigitte faisait vaille que vaille survivre une relation avec un mou qui ne sortait plus les poubelles depuis qu'il avait des inquiétudes au sujet de son emploi et Françoise, mon Dieu Françoise, c'était le pompon, son mec venait de la quitter pour une femme plus jeune, la maison était à son nom à lui, elle était sur la paille. Bon sang.

Mettez ensemble quatre femmes qui ne se connaissent pas et ne se reverront plus, et au bout d'une heure, vous en savez davantage que leur propre conjoint si elles en ont un. Il pourrait croiser à nouveau Axelle rue Rupplémont, où elle venait d'ouvrir un centre de relooking après deux mois de coaching avec un thérapeute de Wanfercée-Baulet spécialisé en ablation de tout genre. Il gardait Brigitte pour demain, son mari partait trois jours en congrès, inutile de se compliquer la vie tant qu'elle l'avait dans les pieds. Françoise lui avait mis un rendez-vous le lendemain dès qu'elle avait appris qu'il avait une molaire douloureuse. Ce soir, ce serait Laetitia. Du tout cuit, se dit-il en croisant son regard au moment où elle effaçait les dernières traces de mousse de lait de ses lèvres. Laetitia n'était pas son premier choix, c'était simplement l'option la plus réaliste, la plus raisonnable. Et s'il commençait à faire passer ses propres goûts en priorité, il y perdrait en efficacité, il ne pouvait se le permettre à ce stade. Hugo devait faire un effort pour ne pas garder ses yeux braqués sur le crâne poli d'Axelle. Avait-elle perdu toute pilosité ? Absolument toute ? La cicatrice était-elle encore rouge ? Il devait se ressaisir, rester concentré.

Elles partirent l'une après l'autre, chacune lui conseillant d'éviter de sortir à jeun désormais, le remerciant pour cet agréable et imprévu petit-déjeuner, exprimant en chœur leur goût pour les petits bonheurs simples, cette rencontre par exemple. *Quel étrange début de journée*, dit-il un peu tristement à Laetitia qui reprenait un dernier café avant d'aller travailler tout en se félicitant d'avoir eu la présence d'esprit, au saut du lit, de réserver une table à La petite fugue, au cas où.

Une heure plus tôt, il avait cru mourir étouffé entre les seins faramineux de Laetitia, au moment précis où elle s'apprêtait à lui faire du bouche-à-bouche. C'est l'odeur de la cigarette qui l'avait fait revenir à lui. Sa mère fumait aussi et chaque instant fugace précédent un baiser maternel avait cette fragrance cendrière à la fois insoutenable et attendue, si bien qu'en ouvrant les yeux, c'est sa mère qu'il s'attendait à voir, ses lèvres qu'il espérait, d'où son sursaut, face à cette poitrine qui, elle, ne ressemblait en rien aux mammes originelles. Hugo n'avait pas les moyens de faire dans la dentelle, la journée serait longue, il misa sur la propension des femmes à s'émouvoir du malheur d'autrui et raconta que sa petite copine l'avait quitté la veille, qu'il avait réservé une table dans un restaurant chic et cher, expressément le 14 février, parce qu'il voulait la demander en mariage et là, il se retrouvait seul, il allait annuler la réservation mais ça lui fichait un peu le cafard tout de même. *Regardez, Laetitia, vous voyez la sculpture ? Je suis cet escargot enfermé dans la cage, je suis enfermé dans mon chagrin, alors que je sais que je devrais rebondir, me dire que si c'était pour me quitter, c'était mieux hier que ce soir en plein restaurant.* Ce qui devait arriver arriva, Laetitia finit par demander si elle pouvait faire quelque chose pour l'aider. Il releva le visage lentement, la regarda dans les yeux, *vous feriez cela pour moi ?* Laetitia était une brave fille. Pas très futée mais vraiment gentille. Si accepter d'aller au restaurant avec lui ce soir lui remontait le moral, ok pour elle. Chaque fois qu'elle passait place Chanoine Descamps, elle lisait les menus proposés mais elle n'était jamais entrée. Comment s'habille-t-on pour manger dans un établissement qui propose du foie gras à chaque ligne de son menu le moins cher ? Hugo regarda les longs ongles fuchsia sur lesquels étaient dessinés des petits arcs-en-ciel puis posa un baiser et une larme sur le dos de la main de Laetitia en murmurant un *merci, merci, vous êtes ma fée,* qui commença à fissurer la stèle des règles d'or que Laetitia avait gravées dans son cœur après sa rupture avec Denis.

Plus jamais elle ne ferait confiance à un homme était la règle numéro un.

Donnez et vous recevrez. Elle faisait d'une pierre deux coups. Elle aiderait Hugo à passer une bonne soirée, et elle irait enfin dans ce restaurant qui la faisait fantasmer mais où aucun de ses amants, obsédés par ses seins, n'avait jamais pensé à l'emmener. Si quelque chose devait commencer avec celui-ci (Laetitia avait une nature optimiste et ne fermait aucune porte à l'avance devant un beau gars), ce ne serait pas au lit, c'était déjà une nouveauté en soi. Un bon présage. Elle décida d'aider le destin ou tout au moins de lui indiquer une direction possible : elle mettrait sa minijupe à paillettes, son body push up rose avec sa veste Wibra, elle étrennerait son petit sac de soirée doré et les bottes à talons qu'elle n'avait pas encore rendues à Jennifer.

Hugo n'avait pas perdu son temps, loin de là, mais il avait à faire. Ils se retrouveraient à 20 heures. Il suggéra à Laetitia de caresser les antennes de l'escargot, cela assurait chance et prospérité. Ça alors ! Elle vivait depuis toujours à Namur et elle l'ignorait.

Hugo devait absolument trouver une solution pour l'odeur de Charlotte. Dans quelques jours, il y aurait aussi celle de Vinciane, il devait agir au plus vite, même s'il avait vidé préventivement le flacon de parfum à la violette qu'il avait trouvé dans son sac à main. Bon sang mais c'est bien sûr, comment n'y avait-il pas pensé plus tôt ! À deux cents mètres à vol d'oiseau, il y avait la parfumerie. L'atelier et les stocks étaient dans les souterrains à l'arrière du bâtiment et si on leur avait toujours dit qu'il n'y avait pas de communication entre les souterrains de la parfumerie et les autres, Hugo n'en croyait rien. Quand Napoléon parlait de la Citadelle de Namur comme de la termitière de l'Europe, ce n'était pas pour séduire Joséphine. Quel ingénieur, fût-il même d'un autre siècle, aurait ajouté une galerie souterraine sans la relier aux autres ? Le plus probable était qu'une galerie se soit effondrée, il y en avait pas mal, d'effondrées, et que la Ville ait renoncé à aggraver son déficit budgétaire en la restaurant. En étudiant les parcours des visites, le plan d'ensemble officiel et celui de 1756 dont il avait une copie, la meilleure entrée lui parut être le tunnel du fossé de Médiane. Il avait quelques heures devant lui, autant s'y mettre sans tarder.

Après avoir glissé la photo de Laetitia dans un cadre et bu son verre de champagne, Hugo bénit le ciel de pouvoir enfin souffler. Il avait le dos en compote. Il attendit de s'être allongé pour revoir le déroulement de la soirée. Ah, si elles étaient toutes aussi faciles à emballer que Laetitia, sa tâche en serait simplifiée et sa rentabilité accrue. Après le toast au foie gras sur compotée de figues – et sans vouloir lui enfoncer la lime à ongles sous les cuticules –, elle avait demandé à Hugo comment il s'y serait pris pour sa demande en mariage. Ça tombait bien, il n'avait pas eu le cœur de sortir la bague de sa poche depuis hier.

Il faut imaginer un restaurant gastronomique un soir de Saint-Valentin : il y a les bourgeois en noir et or, diamant non garanti, perles fines et cravate Hermès, qui ne savent plus quoi se dire depuis longtemps, les couples fauchés dont le gars économise depuis des mois en vue de la soirée et déglutit avec peine après chaque bouchée à l'idée de l'ardoise salée qui l'attend, pendant que madame essaie de cacher qu'elle n'a pas encore digéré qu'il a « oublié » de vider le lave-vaisselle, il y a les égarés qui ne savent pas à quoi sert une serviette en tissu, les dépendants qui essaient de sauver leur mariage et les épouses trahies qui retiennent leurs larmes en se consolant à l'idée que la petite pétasse passe la soirée seule, elle. Autant dire que Laetitia, incarnation féminine d'un sapin de Noël de mauvais goût a fait une entrée remarquée, et qu'avec ses lolos farcis d'œstrogènes, plusieurs ont eu du mal à garder le fil de leur conversation insipide.

Hugo se mit à genoux. *Je t'aime, depuis notre rencontre, je me sens un autre homme, tu m'as réappris le bonheur et je veux passer ma vie à m'occuper du tien. Ma chérie, veux-tu devenir ma femme, veux-tu m'épouser et faire ainsi de moi le plus heureux des hommes ?* Tout le monde a applaudi, il lui a glissé la bague au doigt, soucieux du détail, et on leur a apporté deux coupes de champagne sous les yeux en carême des époux pingres et des femmes soldées. Était-ce une tradition namuroise, les deux coupes offertes aux tourtereaux par les restaurateurs lors d'une demande en mariage ? Il vérifierait l'hypothèse à la première occasion. Laetitia jouait le jeu à merveille et s'amusait, chéri par-ci, chéri par-là, pourquoi ses histoires d'amour étaient-elles si foireuses quand cela pouvait être aussi simple ? Elle était d'accord de poursuivre le scénario qu'il avait imaginé, elle adorait cela, en fait. Elle n'en revenait pas car au début elle avait voulu lui faire du bien et zou, elle se rendait compte que cela lui faisait également du bien à elle. Elle comprenait, maintenant, que c'était un homme comme lui qu'il lui fallait, et plus un de ces minables immatures incapables du moindre romantisme. Il lui ouvrait les yeux. Elle allait affiner les critères sur son profil. Ouioui, elle était sur un site de rencontre, avec un pseudo, bien entendu, mais comment n'y avait-il pas pensé plus tôt ? Ils en étaient au macaron de foie gras sur son étang d'airelles à la mousse de sorbet *di bia bouquet*, Hugo se demandait comment il arriverait à transporter le corps avec le lumbago qu'il sentait s'installer, il avait intérêt à revoir son plan au niveau topographique. Il garderait la cathédrale pour un autre jour et ferait simple pour ce soir, *allons-y ma chérie*.

Il avait passé des heures à essayer de dégager des éboulis, il devait être à un mètre maximum de la galerie la plus longue louée à Guy Delforge, et il n'avait pas l'impression d'avoir avancé d'un pouce, sans parler du fait qu'il serait probablement hors service pour quelques jours. Pas question qu'il l'habille lui-même comme prévu, il resterait plié en deux. Ils montèrent en voiture jusqu'à la caserne et il proposa à Laetitia de se changer dans un des deux containers pour qu'elle ne prenne pas froid. C'était le bureau administratif. Il n'y était plus entré depuis septembre et il vit, dans le cadre posé sur la table, que les enfants de Chrichri avaient grandi. Comment acceptait-elle de travailler dans de telles conditions ? À trois dans un container, pendant la durée des travaux qui n'en finissaient pas. Faisait-elle régime à nouveau ? La poubelle était remplie de boissons sans sucre. Chrichri était la plus belle femme qu'Hugo ait jamais rencontrée. Genre Julia Roberts en moins roux et avec une pointe absolument craquante d'accent namurois. Elle méritait mieux qu'un bac en tôle comme bureau et n'avait pas besoin de faire régime selon lui. Jamais il n'aurait osé le lui dire. Il restait à sa place. Pas question de parler d'autre chose que du boulot. Mais ils se comprenaient à demi-mots, depuis le premier jour. En tous les cas, lui, il la comprenait. À force de l'observer avec soin, il savait ce qu'elle pensait rien qu'en regardant les mouvements de ses sourcils. Elle n'avait sans doute pas un sens de l'observation aussi aiguisé, sans quoi elle l'aurait engagé à temps plein, en CDI, mais il ne pouvait pas lui en vouloir, elle faisait de son mieux, il en était persuadé.

Laetitia était prête. On aurait dit un casting pour *Barbie se marie*, épisode 145. Le genre de mariée qui ferait peur à tout individu qui aurait testé les airbags avant d'acheter sa voiture. Mais un sourire repeint, brillant, cerise, heureux. Elle voulait faire deux trois *selfie* avant de poursuivre le scénario, au cas où elle ne se marierait jamais ce serait toujours ça. Malgré la facilité étonnante avec laquelle la soirée se déroulait, Hugo n'avait pas envie de lésiner sur les moyens. Cela n'aurait pas été juste pour Laetitia. Il devait se concentrer sur son objectif et rendre une femme à moitié heureuse n'y ressemblait pas. La plupart des hommes agissaient de la sorte et on mesurait les conséquences dans les pharmacies, les salles d'attente et compagnie. Si le gouvernement imposait aux hommes de s'appliquer un tant soit peu à rendre les femmes pleinement heureuses, quitte à négocier la suppression d'une taxe ou d'une autre en échange, la sécu pourrait payer la restauration des bâtiments scolaires wallons sans même plonger dans le rouge.

Quand faut y aller, faut y aller. Il prit Laetitia par la main, laissa ses yeux se mouiller et fit sa voix émue pour lui dire qu'il était bouleversé.

– Tout est si simple, si doux avec toi, si évident. C'est trop tôt, bien sûr, nous nous connaissons à peine et j'ai beau me le répéter, tu m'offres cette soirée pour me remonter le moral, avec beaucoup de gentillesse, mais c'est plus fort que moi, je dois te le dire, je veux t'épouser, oui. Pour la première fois de ma vie, je me sens compris, respecté, aimé pour ce que je suis, je suis désolé de tout te balancer ce premier soir, on se connaît à peine, je me répète, j'en perds les moyens, je me sens nul et gauche, jamais une femme ne m'a mis dans cet état-là et ce n'est pas ton physique, non, même si je te trouve très belle, mais ton âme, oui, ton âme, qui me séduit, m'emporte, j'ai peur qu'arrive le moment de ton départ, je veux te revoir, te rendre heureuse, oui, tu le mérites, c'est ton âme, ton intelligence, ton sourire à la fois distingué et juvénile, qui me rendent dingue, déjà ce matin, tu as été ma fée, veux-tu que je devienne ton prince ? Bon, désolé, je me suis laissé emporter, je ferais mieux de te proposer une tasse de thé.

Laetitia était plutôt peket, mais elle se sentait déjà comme saoule de bonheur, un thé ferait l'affaire. C'était bon signe, de toute façon, un gars qui propose un thé. Les poivrots déguisés en hommes, elle avait donné. Avec la tasse brûlante, valait mieux faire gaffe que ses ongles ne fondent pas. Et il lui faudrait bien trois sucres pour faire passer cet arrière-goût de chicon au piment mais tant pis pour les calories, c'était le plus beau jour de sa vie, dit-elle à Hugo en craquant pour un quatrième sucre. Et de trois, se dit-il quant à lui, ravi d'avoir choisi le tabouret : Laetitia s'endormirait dans le fauteuil à roulettes de Chrichri, ce serait plus facile pour la transporter jusqu'à la brouette. Dans l'arrière-fond de la photo qu'il prit de Laetitia, il le découvrirait en allant dormir, il y avait une photo de Chrichri et ses enfants, hilares tous les trois. Le hasard avait bien fait les choses.

Il regagna sa voiture à l'allure de « Djoseph », si lentement qu'on n'aurait pour ainsi dire pas pu voir qu'il marchait avant qu'il ne s'arrête devant sa voiture et le lendemain, contre toute attente, il était réparé. Privilège de la jeunesse. Il avait dormi comme un échasseur victorieux et se réveilla frais et joyeux comme un molon qui venait de concevoir le plus beau mensonge de sa vie. Il venait de réaliser son meilleur temps chrono, sans empiéter sur la qualité du service. Il commencerait par les éboulis, passerait demander un conseil à Axelle l'air de rien, retrouverait Brigitte à la sortie de son travail et avait rendez-vous avec Françoise vers 18 heures. Comment arrivait-il à gérer autant de dossiers à la fois ? Mystère et boule de gomme. Sa mère avait toujours dit que l'organisation était son point faible, « son tendon de Damoclès », comme elle disait, et pourtant, là, il fallait avouer qu'il assurait grave. Dans ce bien-être que connaissent les cancres les rares jours où on les félicite, il décida de passer devant chez Sophie, elle s'appelait Sophie, c'était inscrit sur la sonnette. Sophie. Sophie, Félix, Léon, Firmin, Robert. Pas de nom de famille. Pas d'homme en prime. Comble du comble, cet inséminateur précoce l'avait abandonnée. Pour tout autre qu'Hugo, faire le bonheur d'une jeune mère de famille nombreuse célibataire aurait été rédhibitoire. Un objectif inaccessible et trop coûteux, rempli d'incertitudes. Hugo en avait vu d'autres. Quand on se réveille avec la jambe de son père sur les genoux, la tête de sa mère en purée, sans parler du reste, quand malgré cela on arrive à sortir du véhicule et qu'on a la présence d'esprit de remettre un peu d'ordre dans ce foutoir de tôles et de corps alors non, on ne s'encombre pas des détails. Certains se seraient souciés de l'avenir des enfants. Hugo pas. Il avait réussi à se débrouiller seul, d'autres pouvaient le faire. Il n'avait jamais été le meilleur en rien, pas de raison que d'autres orphelins ne s'en sortent pas aussi bien que lui. Et puis après tout, ils avaient encore leur père, eux. C'était l'occasion en or pour que cet olibrius inconséquent assume ses responsabilités. Hugo, en cela bien placé également, était de ceux qui sont persuadés qu'il est primordial pour l'enfant d'avoir une relation avec leur père dès le plus jeune âge. Lui, son père était toujours en mission, *une sorte d'agent secret*, racontait sa mère pour le consoler. Et il en avait en effet beaucoup souffert. D'une pierre deux coups donc, il s'occuperait de cette cause perdue qu'est le bonheur d'une jeune mère délaissée, et il offrirait un père aux quatre fils Aymon aperçus au travers de la vitrine du Pain Quotidien. Sophie. Encore faudrait-il l'approcher. Cela dit, il était sur place, autant en profiter. Il improviserait.

Il sonna, tomba sur un homme viril et jovial qui lui répondit que Sophie n'était pas là, qu'il était son fiancé et qu'Hugo pouvait relever le compteur d'eau (c'est tout ce qu'il avait eu comme idée en tombant nez à nez avec l'homme parfait) dans la cave, mais que lui, il devait remonter fissa parce qu'il jouait à cache-cache avec les enfants. Hugo fit mine d'aller dans la cave relever le compteur et s'en alla plus léger, soulagé. En voilà une dont il ne devrait pas s'occuper. Non pas qu'il recule devant l'effort ou soit du genre à se débiner, mais bon, il s'était trompé, il devait l'admettre. Sophie en avait rencontré un qui la rendait heureuse, il n'avait rien à ajouter. D'une certaine manière, cela lui faisait du bien de se dire qu'il ne devait pas compter uniquement sur lui-même.

Marlène avait-elle trouvé un autre homme ? Un homme qui la rende plus heureuse que lui ? De tout son cœur il l'espérait. Elle le méritait. S'il y avait bien une chose qu'il se reprocherait toute sa vie, c'était de ne pas y être parvenu lui, alors qu'il était bleu d'elle. À cette époque, finalement pas si lointaine, il ne comprenait rien aux femmes. C'est Marlène qui lui avait ouvert les yeux. Cruellement. Brutalement. Il aurait aimé la remercier, le lui dire en face, maintenant qu'il avait compris. Mais elle avait été claire, elle ne voulait plus jamais le revoir. Et lui, il ne voulait pas raviver la peine de Marlène. Tout ce qu'il pouvait faire, c'était s'occuper du bonheur des autres et espérer que Marlène dénicherait quelqu'un qui s'occupe bien du sien. Bon, pour Sophie, c'était *in the pocket*. En dix minutes c'était réglé. S'il venait aussi vite à bout de la jonction vers la galerie de la parfumerie, ce serait parfait.

04

Hugo se rendait bien compte qu'avec Axelle, ce ne serait pas du gâteau. Avant qu'une femme à qui on a enlevé un sein se sente à nouveau digne d'intérêt pour un homme, on pouvait mettre la Meuse en chômage et remplir un musée avec un détecteur de métaux. Il devrait y aller mollo. À la namuroise. Aucun coach, tout spécialisé qu'il soit, n'avait jamais été plus efficace que le temps pour ce genre de réparation et Hugo ne pouvait plus se permettre, du coup, de gérer un dossier à la fois. Il avait néanmoins une épine hors du pied. Il avait fait une percée minimaliste des éboulis, avait un peu cherché le stock de Guy parmi les galeries, et il avait trouvé. Il n'avait pris que le strict nécessaire, à ce stade, afin de ne pas attirer l'attention. Charlotte sentait maintenant la noix de coco, ce n'était pas franchement une réussite, mais c'était un fameux progrès. Il avait épousseté sa robe, c'est dingue la poussière qu'il peut y avoir dans les souterrains, et il repasserait dans quelques jours pour essayer la lavande.

Il s'était dit qu'il justifierait son passage chez Axelle par une demande de conseil mais il le sentait moins, en ce début d'après-midi. En réalité, jouer au plaintif comme il l'avait fait avec Laetitia ne l'amusait pas. C'était contre nature, lui qui avait été élevé par une mère qui aurait préféré se suicider que de prendre le moindre antidépresseur. Était-elle heureuse ? Sa mère était-elle heureuse ? Hugo ne s'était jamais posé la question et il en eut le souffle coupé. Était-ce cela, devenir adulte ? Mesurer que ses propres parents puissent ne pas être heureux alors qu'ils donnent leur vie pour le bonheur de leurs enfants ? Il dut faire un gros effort de reconstruction mentale, c'était le cas de le dire, pour retrouver, à partir de l'image imprimée dans ses tripes du visage énucléé, écrasé et détaché de sa mère, puant le peket, une image antérieure au traumatisme majeur de sa vie. Jusqu'à ce que Marlène lui ouvre les yeux, il avait toujours pensé qu'elle était aussi heureuse que lui dans leur relation, il n'avait rien vu venir. L'avantage des romans, c'est qu'on a accès à la vie intérieure des personnages. Dans la vraie vie, tintin les balayettes, il fallait deviner, supputer, surtout quand on aimait une femme comme sa mère, du genre à ne jamais se plaindre, à prendre les choses avec le sourire. Tout comme Chrichri, il avait du mal avec les plaintifs, mais contrairement à elle, il fréquentait trop peu de monde pour être envahi des souffrances d'autrui. Chrichri devrait mieux se protéger. Tout ce qu'elle avait trouvé pour avoir un peu la paix, c'était de venir travailler une heure avant les autres. Le reste du temps, elle était disponible à tout qui avait besoin d'elle. Un ange. Elle gérait une équipe de quinze permanents et une petite dizaine de saisonniers. De quoi devenir dingue. En ce qui le concerne, ce qui était dingue, dans le genre, c'était la vitesse à laquelle son cerveau zigzaguait dès qu'il revoyait la scène de l'accident et, inévitablement ensuite, le visage de sa mère. Au moins maintenant, elle ne souffrait plus, se dit-il en se dirigeant vers la gare. Il se sentait un peu faible, un smoothie lui ferait le plus grand bien. Ce n'était pas en se négligeant qu'il serait efficace.

Il passa ensuite prendre Brigitte, comme ils en avaient convenu la veille quand, dans le flot de babillage féminin auquel il avait assisté chez Bodart, il avait appris que, son mari étant absent pendant trois jours, elle ne savait pas encore comment elle irait au Brico. Elle était en traitement pour ses problèmes de fatigue et le spécialiste lui avait prescrit de la lumière. Rien que ça. Comment rendre lumineuse une fermette bien imitée, en Belgique, en hiver ? Il lui fallait des spots, son mari était parti et elle ne savait pas conduire. Ça existait encore, des femmes sans permis ? Brigitte avait raté trois fois, puis abandonné. Son médecin supposait qu'elle avait une latéralité déficiente et spécifique : impossible pour elle de décoder convenablement une image venant du rétroviseur. Fameux handicap pour passer son permis. Toujours est-il qu'Hugo avait argumenté sa gentillesse spontanée au moment de sa chute pour lui renvoyer l'ascenseur et la dépanner. Comment rendre une insomniaque heureuse ? Comment l'aider à retrouver un rythme jour/nuit équilibré ? Il tournait en rond en attendant Brigitte qui finit par revenir avec une dizaine de lampes de chantier sur pied. Il l'aiderait à les monter chez elle. La suite pour un autre jour. Pareil pour Axelle. Il irait au rendez-vous pour soigner sa molaire chez Françoise, puis il rentrerait chez lui. D'un coup, la fatigue des dernières soirées lui tombait dessus. Deux demandes en mariage en deux jours, cela ne laisse pas indemne. Il n'arrivait plus à mettre une pensée devant l'autre. À l'impossible, nul n'est tenu.

Il avait ressenti quelque chose de similaire, après l'accident. Impossible de penser. Tout au plus arrivait-il à articuler qu'il avait trouvé un kot à Namur, qu'il allait commencer ses études, qu'il ferait la chimie. Puis c'était revenu, petit à petit. Il évitait le Bunker et certains lieux trop bruyants au début, ne se fit pas baptiser, évita les Fêtes de Wallonie, puis trouva son rythme de croisière. C'est vraiment quand il a commencé à travailler comme jobiste à la Citadelle qu'il s'est senti à nouveau bien dans sa peau, vivant, survivant. Au cœur de l'histoire du monde, dans ce lieu où rien ne meurt. C'était exactement cela. À la Citadelle, rien ne mourrait, et ça durait depuis des siècles. Ou, plus précisément, ce qui était mort restait vivant. Ce qui avait sauvé Blanche de Namur de l'oubli, c'était la bière, et non le fait qu'elle soit devenue une reine de Suède et de Norvège, ce dont tous les Namurois se fichaient comme de l'an quarante. Hugo, sensible comme pas deux à l'empreinte biologique et spirituelle des gens, avait davantage appris en un été comme jobiste dans les boyaux du ventre vert de Namur que dans les auditoires du département d'histoire. Ce premier été fut fondateur. Il avait bien essayé d'apprendre par cœur la version trilingue de son texte, rien ne rentrait, tout comme pendant ses études. C'est en suivant Chrichri pendant une heure, lors de son écolage, qu'il avait compris la genèse même de l'Europe, dont la Citadelle de Namur était un des plus puissants bastions contre l'ennemi, quel qu'il soit. C'était le lieu de la sécurité suprême.

Une soirée sans alcool lui ferait le plus grand bien. Il profita de ce temps libre pour préparer trois nouveaux cadres. C'est ce moment que Chrichri choisit pour l'appeler. Cela n'arrivait jamais. Il eut du mal à comprendre ce qu'elle demandait, tant il ne s'y attendait pas. La moitié de son équipe était au lit avec la grippe, était-il d'accord de la dépanner ce soir à titre exceptionnel ? Elle avait un anniversaire surprise sur les bras, et pas un guide permanent en état de marche. Bien sûr, elle pouvait compter sur lui.

Rien que d'entendre sa voix, il en oublia la fatigue et le reste.

Le parcours avait été préparé. Des niches garnies de plateaux d'amuse-gueules remplis de produits du terroir succédaient à d'autres, illuminées de lampions, chacun avait son flambeau LED chargé au maximum, sa bière de Malonne et l'itinéraire était rythmé par des jeux de vieux scouts sur le retour. La fille du jubilaire regardait Hugo comme s'il était Di Caprio en personne et en plus jeune. Encore une qu'il pourrait ajouter à sa liste mais pas ce soir, il y avait au moins cinquante personnes et il avait besoin d'intimité pour s'occuper du bonheur d'une femme, fût-elle séduite par sa seule présence. Elle s'appelait Sido. Après, on s'étonne que les gens soient mal dans leur peau. Un beau et doux sourire sans espoir en haut d'un corps anorexique, malgré une propension à s'enfiler tous les morceaux de sauciflard à portée de main. Encore une qui ne se remettait pas d'une remarque paternelle sur son acné juvénile ou sur les premiers points de capiton qui avaient dû marquer ses chairs adolescentes. Mais Hugo, en dehors de son histoire avec Marlène, ne mélangeait jamais le privé et le professionnel.

Il laissa filer, mena son groupe, ravi de pouvoir dépanner son amie parce que si Chrichri l'appelait hors saison – même si elle ne pouvait compter sur personne d'autre – c'était un signe d'amitié, rien de moins. Il y eut un début de crise d'angoisse, une indigestion bruyante, mais à part cela, tout se passa très bien. C'est au moment où il allait cacher les clés à l'endroit convenu avec Chrichri qu'il entendit un pet hallucinant. Il n'aurait pas fait plus de bruit en se répercutant sur les parois des contre-mines. Il trouva la femme emballée dans des cartons pour la nuit. Elle puait comme Charlotte après deux semaines, une infection ambulante. C'était assez courant, des SDF qui se laissaient enfermer dans l'enceinte en hiver. Le concierge avait beau faire le tour chaque soir, il en restait, planqués avec expérience, qui préféraient la Citadelle grillagée au centre-ville agréable pour les acheteurs compulsifs et les ados dont on avait allongé la laisse mais bien moins reposants pour qui devait défendre son bout de carton par temps froid. Sans parler de la nouvelle loi expulsant les mendiants hors du centre.

Plus la détresse est grande, plus le bonheur est bon marché. Mais ce ne fut pas la première pensée d'Hugo quand il vit cette femme. Il pensa d'abord à Chrichri. Il l'imagina débarquer avant tout le monde le lendemain matin, pour son heure de travail solitaire et bienfaisante. Elle risquait d'avoir peur devant cette masse humaine informe. Il faisait gelant. Cette femme pouvait tout aussi bien mourir de froid et Chrichri commencer sa journée avec son cadavre sur les bras, appeler la police et finie la tranquillité. Il avait accepté de l'aider ce soir, il se voyait mal faire les choses à moitié. C'est dans un second temps qu'il pensa à sa quête, à la promesse qu'il s'était faite après le départ de Marlène. Plus jamais il ne laisserait une femme souffrir, il se l'était juré. Tout ce qui était en son pouvoir pour le bonheur d'une femme, il le mettrait en œuvre. Son œuvre. Il offrirait à chaque femme malheureuse le plus beau moment de sa vie. Et là, devant cette femme puante, sale, indigente, il pensait à Chrichri. Franchement, il n'était pas fier de lui. Il avait juré de s'occuper des plus démunies, de leurs peines sourdes et de leurs affres inexprimées et, puisqu'il fallait mettre des priorités, au vu du nombre infini des peines que les femmes, ces êtres si sensibles, avaient les moyens de ressentir, il avait élu comme critère premier les peines dues aux hommes, ces êtres trop gâtés par l'amour maternel, incapables ensuite de ressentir la moindre empathie, mal finis en somme. Pas un instant pourtant, en voyant cette femme dans le froid, il n'avait pensé qu'un homme ait pu la faire souffrir. Comme si elle était trop loin. Trop atteinte. Pas mariable ? Toute femme n'avait-elle pas droit à ce bonheur suprême ? Allait-il se faire le complice d'une Droite sans pitié ? D'un Centre qui bascule ? D'une Gauche ambidextre ? S'il faisait de la politique, c'était au sens premier du terme. Citoyen, il s'occupait des citoyennes. Ginette, puisque tel était son nom, méritait son attention autant que les autres. Il ne fallait pas confondre objectifs et résultats, comme disait sa mère. L'objectif, pour l'heure, était le bonheur de Ginette, ce qui n'empêchait pas qu'un des résultats soit un agréable début de journée pour Chrichri, qui aurait déjà assez à faire avec sa bande de fonctionnaires grippés. Il fila dans sa réserve perso, une poudrière abandonnée dont l'accès méconnu était une minuscule galerie. Tout était là, dans une niche, prêt à l'emploi. Plus la détresse est grande plus le bonheur est à portée de main, se répéta-t-il en tendant la tasse de thé à Ginette. Mais justement, la main de Ginette tremblait comme une feuille de bouleau. Avait-ellc peur de lui ? Il n'avait pas cru nécessaire de faire les préliminaires, misant sur le plaisir simple et revigorant d'une boisson chaude dans la nuit froide. Erreur de stratégie. Pas question de bâcler sous prétexte qu'elle n'avait plus de sécu. Il se présenta. Devant son silence et son regard assez vide, il se demanda si elle avait encore de quoi faire onduler un tracé d'électro-encéphalogramme. Elle était pauvre, moche, puante, elle pouvait aussi être complètement à la masse, elle était une femme et il n'allait pas, lui, décider qu'elle n'avait pas le droit au bonheur selon des critères qui ne tenaient pas la route. Elle était sans doute en hypothermie. Il n'allait pas la déshabiller en prime. Il lui enfila une robe, blanche mais doublée comme pour un mariage islandais. Il lui noua le voile de tulle autour du cou au lieu de le fixer à ses rares cheveux. Il crut voir une sorte d'étincelle dans son regard éteint. Il y vit un signe qu'il était sur la bonne voie. Il la prit dans les bras. Elle trembla un sourire. Il prit sa main et remarqua qu'elle n'avait que deux doigts. Bien sûr qu'elle ne pouvait pas tenir une tasse toute seule. Il avait décidément encore du chemin à faire pour ce qui était d'observer les besoins des femmes, punaise. Incollable sur la descendance douloureuse d'Henri L'Aveugle, il était incapable de comprendre pourquoi une femme gelée et affamée laissait tomber une tasse de thé. Il n'est jamais trop tard. Il ralluma son réchaud et, le thé brûlant dans ses mains, aida Ginette à le boire, en de petites gorgées reconnaissantes. Ginette le remerciait du regard, cela ne faisait pas un pli.

– Vous êtes la princesse d'un conte de fées, transformée en jeune mariée devant le prince dont toutes les petites filles rêvent, et dans votre regard enfin heureux, je trouve l'audace de vous demander, Ginette de Terra Nova, si vous acceptez de devenir ma…

Il aurait dû faire un peu plus court pour qu'elle entende la demande complète, nom d'un chien. Il avait fait de son mieux. Il avait fait mieux que les autres, pour Ginette. Il n'allait pas se flageller non plus ! *La culpabilité est un rongeur féroce, mon chéri, ne la laisse pas prendre le pouvoir sur toi, avance dans la vie, garde plutôt tes rêves comme moteurs, mon petit.* Sa mère avait toujours eu l'art de dénouer ses nœuds existentiels et de lui donner les outils nécessaires pour avancer. Bon, Ginette n'avait plus froid. Il disposa le voile avec un peu plus d'élégance que précédemment, prit une photo et regarda sa montre en se disant que s'il devait compter ses heures supplémentaires, Ginette aurait coûté un pont, alors que Charlotte, par exemple, dans la mesure où ils se voyaient beaucoup aux heures de bureau puisqu'elle était chômeuse, n'aurait pas coûté cher à l'échevinat des femmes comblées, elle qui lui avait pris trois semaines. Ainsi en était-il des incohérences administratives. Chrichri, par exemple, était payée comme une fonctionnaire et travaillait comme une chef d'entreprise. Après près de vingt ans de carrière, elle venait d'apprendre qu'elle louperait de peu l'aménagement de fin de carrière et que sa pension était reportée à la période où elle serait presque arrière-grand-mère, sous prétexte que statistiquement, elle vivrait plus longtemps que sa propre grand-mère. Elle avait renoncé à calculer ses heures de récup' non récupérées, environ 15 par semaine en vingt ans, le compte était simple. Mais Chrichri aimait son travail et quand on aime on ne compte pas. Elle se donnait.

Hugo commençait à se les geler furieusement. Il remballa le matos, alla mettre Ginette en sécurité, et rentra chez lui, épuisé et heureux. Il imprima la photo, la glissa dans un cadre et se servit un verre de champagne. Il n'avait pas perdu sa journée. Rester ouvert aux surprises de la vie, disponible à l'imprévu, c'était bien ce qu'il aimait, durant ses six mois en jachère même si, fondamentalement, il préférait son travail de guide.

05

Comme si Morphée voulait le remercier pour sa bonne action, Hugo fit un rêve réparateur, pas très rentable en séance de psychanalyse tant il était rapidement interprétable, mais bon, son inconscient n'était pas payé pour remplir la piscine des jungiens. André de Fumal le faisait appeler sur son lit de mort. Il souhaitait l'adopter parce qu'il avait remarqué son cœur d'or, parce qu'on lui avait parlé de sa quête et qu'elle était la plus belle qui puisse être. Il mourrait avant de signer le document mais là n'était pas le plus important. De toute façon, le testament officiel destinait l'ensemble des biens d'André aux pauvres et aux œuvres de charité. Ce qui comptait, ce qui justifiait les larmes de joie qui trempaient l'oreiller d'Hugo à son réveil, c'était que cet homme bon, ce philanthrope du XIXe siècle le considère comme son fils spirituel. Touché en plein cœur, Hugo pleura encore un peu, *ça fait toujours du bien*, disait sa mère, *ça vide le trop-plein*. Qui connaît encore André de Fumal ? Quand on dit rue Fumal à un Namurois, il pense Maison de la Poésie ou musée Rops, et encore, ce n'est pas gagné. Existe-t-il seulement un livre répertoriant les odonymes namurois ? Retraçant la biographie des êtres ainsi honorés dont seul le nom restera aux générations d'incultes qui le suivront ? Si c'est pour les oublier de la sorte, pourquoi ne pas choisir pour odonymes le nom de contemporains, cela aurait au moins le mérite de faire connaître aux Namurois les célébrités, artistes ou autres de leur ville. Il y aurait le boulevard Bruno Belvaux, l'impasse Benoît Poelvoorde, il y aurait la venelle Eva Kavian (quel Namurois trentenaire savait encore ce qu'était un capucin ?), le quai Jacqueline Daussain et la rue Adrien Joveneau, on irait prendre un verre place Laverdure et on se ferait une toile rue Julian Vanreoy avant d'aller prendre une frite rue Denis Riguelle ou place Benoît Mariage. Hugo n'est sûrement pas celui qui effacerait les traces du passé, mais il a besoin que les choses aient du sens et, en sortant de ce rêve bienfaisant, il se dit que les odonymes namurois étaient en perte de sens, se demanda la faute à qui, eut faim. La journée pouvait commencer. D'ailleurs on sonnait. Ça alors. Personne ne sonnait jamais chez lui.

Hugo Doigny n'était pas le nom qu'une ancienne élève de l'école Notre-Dame pouvait oublier. Axelle l'avait enregistré fissa. Elle y avait pensé toute la journée, elle avait été jusqu'à appeler son coach, qui lui avait dit de foncer, d'écouter son instinct. Elle le savait bien, Axelle, elle avait compris. Son cancer, si ce n'était pas l'expression de son instinct muselé, c'était quoi ? Ce que son instinct lui disait, depuis 48 heures, c'était qu'il existait des hommes qui la trouvaient belle, toute glabre, maigre et mastectomisée qu'elle soit. Et elle en avait rencontré un. Après sa thérapie, elle avait aussi compris qu'être désirée ne suffisait pas. Il fallait également qu'elle désire. Choisir ou être choisie, le cancer avait donné la réponse. Maintenant elle devait décider. Sa vie, ses hommes, ses revenus, ses amis, plus question d'être l'objet de son destin, elle devait en être l'artiste, l'ouvrière acharnée, indépendante, fière et subtile. C'est elle qui tenait les rênes désormais et

Hugo lui plaisait diablement. Ils avaient la même taille. Elle ne voulait plus d'un trop grand et protecteur, plus non plus d'un fluet et infantile, elle voulait un homme de sa race, de sa tribu. Elle avait tout de suite compris qu'Hugo en était. Sans parler de son regard, de cette manière tendre et décidée à la fois de la regarder. Elle avait passé la journée de la veille à attendre dans sa boutique qu'il débarque, après avoir glissé l'adresse dans la conversation, l'air de rien. Mais d'une part, elle comprenait bien que, même s'il ressentait pour elle une attirance similaire, il ne débarque pas comme un petit dragueur de province au lendemain de leur rencontre, d'autre part c'était un défi en soi. Elle devait agir. Choisir avant d'être choisie. Elle avait déménagé, fait un fameux tri dans ses relations, elle avait changé de travail et son agenda professionnel commençait à exploser, avec cette génération qui ne savait plus quoi faire ou acheter pour être heureuse. Il lui restait le point fragile, l'Everest des abîmées, le Kilimandjaro des célibataires trentenaires et artificiellement ménopausées : sa vie sentimentale. Une soirée sur Internet et elle connaissait tout sur Hugo : ses interventions érudites sur les sites historiques, ses coups de gueule exigeants et méticuleux sur les forums médiévaux, sa passion pour la Citadelle, ses coordonnées, mais aussi le drame qui avait bouleversé sa jeunesse. Quel courage. Comment avait-il pu survivre à cela, psychologiquement ? Oh oui, elle avait envie d'un caractère fort, d'un battant, d'un résilient. Comme elle.

Pas de chance, il n'était pas chez lui. Elle patienterait encore quelques minutes, compterait jusqu'à deux cents en faisant son step sur le décrottoir, puis partirait. *Axelle ? En voilà une surprise ! Attends deux minutes, je descends.* Pas question qu'elle monte, mais génial qu'elle passe, comment avait-elle eu son adresse ? Toujours une approche à ne pas planifier. Prenons le bon côté des choses.

Axelle n'y alla pas par quatre chemins. Elle avait envie de le revoir, avait cherché son adresse sur le net et la voilà, elle lui proposait un petit-déjeuner, dans son salon de relooking, à deux rues de là. Il avait de la chance d'habiter rue des Brasseurs, autant cette rue lui faisait peur quand elle était enfant, autant maintenant, à ses yeux, c'était la plus enviable. La vue sur la Sambre et la Citadelle devait être fabuleuse. C'était vrai.

Quand Hugo avait revendu la maison de ses parents, il n'avait pas hésité. Une maison trois chambres, grenier, cave et garage au cœur de Mons contre un studio en bord de Sambre. Il lui restait de quoi ouvrir une baie vitrée et c'est là, devant la Citadelle, qu'il aimait lire, bercé par le clapotis délicieux de l'eau grise contre les longues péniches noires. Depuis Marlène, aucune fille n'était montée chez lui. C'était encore trop tôt. Il n'était pas prêt. Axelle babillait comme si elle n'avait plus parlé avec un humain depuis des lustres. Son bonnet rouge lui donnait un air de petite fille, mais il avait hâte de revoir son crâne. Était-elle encore en chimio ? Ses cheveux repoussaient-ils ? Les rasait-elle pour ne pas les voir ternis par l'agression médicamenteuse ? Tout le monde ne peut pas se le permettre, mais elle oui, elle avait un crâne parfait. La peau tendue sur le dôme régulier, d'un blanc éclatant, loin du teint jaunâtre et triste de certains cancéreux, franchement, une belle rescapée. *Au XIVe siècle, les brasseurs qui fabriquaient la bière avec l'eau de la Sambre et le houblon de La Plante s'étaient installés dans cette rue. Quand la peste ravagea La Plante, ils ne furent pas touchés et on en conclut que la Sambre les protégeait.* Axelle avait repéré ses connaissances et voulait tout savoir. Au moins, il n'avait pas à se casser la tête pour faire la conversation. Si elle s'écoutait vraiment, elle lui prendrait la main, le bras, tant elle se sentait des affinités avec lui. Hugo était pour le moins troublé par la situation, jamais une femme n'avait ainsi recherché sa compagnie et manifesté aussi spontanément un désir de proximité : elle le frôlait pour un oui pour un non, le fit entrer en posant sa main sur son épaule, s'assit sur le divan à deux centimètres de lui, pour manger sur une table assez basse que pour exposer ses longues jambes si blanches, elles aussi, que le voile noir qui les protégeait du froid en devenait lumineux. Elle le voulait, elle l'aurait, au moins cette fois ce serait simple. Sans chichi. Hugo savait cependant qu'un bonheur trop vite acquis perdait en intensité. Axelle méritait mieux. Il la ferait un peu chambrer pour ne pas brader les prix. La grandeur de Napoléon n'était pas tant dans ses victoires que dans la force de ses ennemis. Henri le Blondel a peut-être fait le siège pendant deux ans, mais il a fini par chasser Marie de Brienne et cette victoire, enfin, a comblé les vœux d'Ermesinde, sa pauvre mère. Non, il ne tomberait pas sur le plateau des rêves d'Axelle, il construirait le moment sublime de la reddition, il attiserait les feux du corps et de l'âme avant que ne s'éclaire le visage de cette femme admirable. Il la remercia pour l'invitation, vraiment, il était touché, bien sûr, ils pourraient se revoir, belle idée, il en avait envie lui aussi (il rosit un peu pour marquer le moment d'une once d'émotion), mais il devait partir, il avait rendez-vous avec Françoise, justement, pour sa dent.

Françoise ! Il ne manquait plus que ça. C'est facile, tiens, d'être dentiste, toubib ou autre et de proposer un rancard l'air de rien. Françoise lui avait déplu tout de suite avec son tailleur Boss, son écharpe Strelli et ses mensurations parfaites. Axelle avait eu un doute et maintenant elle en était sûre : Françoise avait donné son numéro à Hugo. Franchement, elle ne se sentait plus du tout de taille. Y aller franco, elle l'avait fait. Mais comment rivaliser avec madame Sainte-Parfaite de Deux-Nichons ? Axelle sentit vibrer la force chamanique de son coach, inspira, expira, puis proposa un ciné, elle mourait d'envie de voir le film de Xavier Diskeuve et trouvait plus sympa d'y aller accompagnée. Il ne fallait pas le laisser partir sans avoir de quoi le revoir. Elle l'embrassa sur la joue, comme s'ils avaient passé leur enfance à jeter du pain sec aux cygnes du parc Marie-Louise et d'accord, il était *d'accord pour un ciné, belle idée.*

Hugo regretta un peu le rendez-vous avec Françoise, finalement postposé en fin de matinée. Il n'avait plus mal à sa molaire et craignait qu'elle ne réveille la carie endormie, à y chipoter. Il avait d'horribles souvenirs. Il pourrait sans problème avoir sa place dans le Guinness Book pour le nombre de rages de dents qui avaient dévasté ses nuits d'enfant. Combien de fois sa mère n'avait-elle pas dû passer la nuit en le berçant de sa voix aimante, jusqu'à l'heure d'ouverture du cabinet dentaire ? Une dentiste ! Il fallait vraiment que la cause soit noble et essentielle pour qu'il prenne sur lui à ce point. Avec un peu de chance, il aurait la moitié du visage endormie en arrivant chez Brigitte. Ce coup-ci, il n'avait pas géré. Il s'offrit une dernière excuse et demanda à Françoise si elle était d'accord de reporter une deuxième fois le rendez-vous. Ouioui, il pouvait passer à 16 heures. Comme s'il venait d'attraper la floche au manège, il se dirigea vers sa voiture, pas question de monter jusque-là à pied avec ce qu'il avait promis à Brigitte. Il avait déjà mal au dos rien que d'y penser. Il n'avait pas trouvé mieux, en la reconduisant la veille, que de lui proposer de tailler sa haie qui collait à la voiture, ils avaient eu bien du mal à sortir les lampes de chantier.

Brigitte habitait parmi les plantureuses villas de l'avenue Vauban, dans une reconstitution incongrue de fermette wallonne. Il avait aperçu le luxe du rez en déposant les lampes, mais n'avait aucune idée de la vue panoramique du premier, pour peu qu'on se penche vers les fenêtres aussi grandes que des meurtrières et encore moins du véritable centre de thalasso qui occupait le sous-sol. Quand il revint griffé, sale et congelé du jardin, il demanda une simple douche et se retrouva dans un jacuzzi, assez grand pour que Brigitte vînt l'y rejoindre si elle en avait l'idée. Il n'aurait plus manqué que cela. Sa mère était la seule femme à l'avoir vu nu, la première et la dernière, sur ce point il n'était prêt à aucun compromis. Heureusement pour sa pudeur justifiée, Brigitte, si elle sentait bien que sa vie d'épouse financièrement comblée mais sexuellement négligée était à deux doigts de prendre un tournant salvateur, avait de l'éducation, de la classe et jamais, grand Dieu jamais, elle n'aurait fait une avance à un homme. Elle laissa Hugo macérer dans les vagues parfumées et l'attendit au salon en feuilletant un magazine de déco comme si de rien n'était, juste le temps de vérifier son maquillage.

Comment rendre heureuse une femme qui a tout ce qu'elle veut, sans avoir l'intention d'y toucher, se demandait Hugo en regardant la pulpe de ses doigts se friper, pendant que ses biceps anoxiés réclamaient encore un peu de répit. De l'aventure ! Brigitte avait besoin de frissons, elle avait besoin d'avoir peur et d'être rassurée. Il lui fallait un homme sur qui compter, il l'avait deviné à l'instant précis où il avait proposé de tailler sa haie. Elle avait eu le même regard que Ginette quand il avait rallumé le réchaud. Brigitte avait envie de faire son jogging en plein air et pas sur ce tapis roulant où personne ne pouvait mesurer son endurance, apprécier ses muscles fuselés avant de la tenir au chaud dans une serviette parfumée à la vanille.

Brigitte rosissait délicieusement, à l'abri derrière son magazine. Rien que d'imaginer le torse musclé d'Hugo, elle devenait Gabrielle Solis. En voyant Hugo lui jeter un rapide regard inquiet avant de refermer la porte de l'espace bien-être, c'est Michael Scofield qui s'évadait sous ses yeux, ce regard était un au revoir, un à bientôt, une invitation discrète à une romance risquée et quand, avant de plonger dans cette revue, elle avait préparé de quoi désinfecter les bras égratignés, elle était Meredith Grey. Quelle honte. Si Charles savait à quoi elle passait ses journées... Elle-même n'en revenait pas. Tant de temps inutile devant un écran, des saisons et des saisons à rattraper, une fois le premier épisode addictif découvert. Elle devait néanmoins admettre que cette drogue honteuse avait sans doute sauvé son mariage durant ces six derniers mois. Un peu de rêve, voilà ce qui lui manquait dans sa vie avec Charles. Il était charmant, efficace, il lui passait tous ses caprices, mais il ne la faisait plus rêver depuis leur lune de miel, depuis ce jour où, persuadée que son jeune mari l'emmenait au bout du monde comme promis, *une destination exotique* avait-il dit très fier de son idée, elle s'était retrouvée sur une plage de bungalows eux-mêmes remplis de jeunes mariés. Elle avait proposé une promenade après deux jours d'ennui mortel et d'est en ouest ou du nord au sud, cette île était, en effet, remplie de bungalows remplis de jeunes mariés. Concert polyphonique pour repeupler l'Europe en une semaine all inclusive. Plan Marshall version libérale pour dynamiser la démographie des couches sociales aisées ? Elle avait perdu toutes ses illusions, même celle-là. Charles était un tendre, mais à part cela, pas de quoi effrayer un toucan. Elle attendait le prochain épisode de Grey's Anatomy en faisant un petit shopping quand un beau jeune homme était tombé à ses pieds, l'avait invitée à prendre un café et lui avait ensuite proposé de la dépanner, sans parler de la haie. Et maintenant, cet homme était nu dans son sous-sol. De quoi rêver, oui. Et cela faisait franchement un bien fou. En voulait-elle davantage ? Pas sûr. Avec les années, elle avait fini par perdre confiance en son potentiel de séduction. Savait-elle encore jouir ? Avait-elle jamais su ? Non, elle ne voulait pas revenir sur ses promesses maritales. Mais un peu de rêve, quelques frissons, pourquoi pas ? *J'ai deux heures devant moi, et envie d'aller me promener, cela vous dit ? Je connais un endroit magnifique. Et il neige, il commence à neiger, vous avez vu ?*

Il y avait eu trois flocons depuis la nouvelle année et voilà que le sol était blanc, non, Brigitte n'avait rien vu. Et oui, une promenade l'enchantait, quelle bonne idée. Hugo l'emmena au volcan de Malonne. Avec la neige dans le jour faiblissant, c'était un véritable décor de film d'horreur. Le mot volcan à lui seul, rue du Cratère, faisait frissonner Brigitte. Une réserve naturelle d'odonates. Des plantes ? Des animaux ? Elle cherchait des liens étymologiques ou tout au moins sonores et ne trouvait que primate, prognate, odieux, audacieux, natte, mate, rien de rassurant en soi.

Jamais Hugo n'aurait cru que tout irait si vite. Il n'avait pas compté sur le gel et quand Brigitte glissa sur le rocher verglacé, il n'eut que le temps de la retenir. Sa tête avait déjà heurté la pierre, ses pieds étaient immergés dans l'eau glacée. Elle le regardait, encore consciente manifestement, mais il voyait bien qu'il n'aurait pas le temps de faire chauffer la bouilloire. Même pour la rendre heureuse, il avait intérêt à mettre le turbo. À la une, à la deux, à la trois, il la tira de là, la prit dans les bras et, voyant son regard chavirer, il lui murmura à l'oreille.

– Brigitte, si vous n'étiez pas mariée, je voudrais sceller mon destin au vôtre, dans ce lieu sauvage et beau comme vous êtes sauvage et belle, je vais vous sauver, vous ne souffrirez pas, je vous le promets, vous êtes ma libellule, mon égérie, celle grâce à qui je me sens si vivant depuis deux jours et je veux que cela dure toujours. Savez-vous que les odonates, au moment de faire l'amour, développent un cœur copulatoire ? Je suis la moitié de ce cœur, Brigitte, précisément. Soyez l'autre.

Deuxième fois en suivant, pas le temps de finir sa phrase. Mais Brigitte avait reçu cinq sur cinq, il l'avait su quand il avait senti sa main se cramponner à son épaule qui n'en pouvait déjà plus. Pas le temps non plus de finir le travail tout de suite, il avait rendez-vous chez Françoise. *Désolé Brigitte, faudra attendre dans le coffre, je me rattraperai ce soir.*

Rien que de penser à Françoise, il se sentait mal. L'idée de la piqûre, le souvenir du bruit de la fraiseuse, il eut envie de vomir. Manquerait plus qu'il ait une haleine acide. Il n'avait même pas le temps de rentrer chez lui se brosser les dents. Sans parler du verglas, Namur serait encore plus bouchée qu'en pleine grève des routiers, des agriculteurs ou même des enseignants. Une chose à la fois.

À cet instant, Brigitte découvrait la lumière blanche dont certains ont écrit la magie. Elle était dans les bras de Derek Shepherd ou de Mike Delfino, elle ne savait plus trop, mais dans cette lumière blanche, avec sa robe blanche, on ne voyait plus que lui et ses mains à elle, son visage, ce sourire que Charles aimait plus que tout. Elle se sentait légère, heureuse, amoureuse, ils arrivaient aux Maldives et les hommes, les femmes, tous habillés de blanc, bronzés et souriants applaudissaient leur arrivée. Mike la déposa délicatement, ça sentait étrangement le mazout, et Hugo referma le coffre satisfait, Brigitte avait l'air paisible, sereine, plus heureuse qu'il ne l'avait jamais vue.

06

Comme une andouille, Hugo avait fait des économies sur les pneus neige. En habitant au centre-ville, et en ne travaillant que l'été, le risque n'était pas trop important. Pour le coup, il devait serrer les fesses. Pas question d'abîmer Brigitte et pas question de reporter à nouveau le rendez-vous avec Françoise : à trop tirer sur l'élastique, il se rompt. Manquerait plus que Brigitte reste coincée là. Il y a dix ans, il aurait mis les morceaux de ses parents dans le coffre, s'il n'avait pas été bloqué. Impossible de savoir ce qui s'était passé dans son cerveau. Il retournait cela dans tous les sens. On lui avait raconté, à l'hôpital, qu'il avait rassemblé les morceaux lui-même, que c'est lui qui conduisait. Forcément, ses parents étaient bourrés au peket. Du peket menthe, à en croire les vapeurs qui traînaient dans l'habitacle défoncé, avait ajouté le plus consciencieux des flics. Étrangement, personne n'avait vérifié s'il avait son permis. Et il ne l'avait pas. Il devait le passer deux semaines plus tard. Il se souvenait vaguement que son père lui avait déconseillé d'être plus catholique que le pape, avant de lui céder le volant, et ne voyait pas le rapport. Mais bon, on peut comprendre : deux jeunes flics arrivent sur les lieux, voient le carnage, les parents en mode casse-tête chinois et le gamin complètement ahuri, ils appellent l'ambulance, les pompiers, leur mère et leur femme, vomissent dans le fossé. Qui aurait la présence d'esprit de vérifier si le fils du tas de chair avait son permis, hein ? Hugo aurait préféré s'occuper des corps lui-même. Les ramasser, les embarquer, les brûler, les disperser. Au lieu de ça, au lieu de faire les choses à son rythme, histoire de favoriser ce travail de deuil qui s'annonçait corsé, ce crématorium l'avait secoué en profondeur. Plus jamais quelqu'un ne s'occuperait des dépouilles des siens à sa place. Il faut dire qu'à cette époque, Hugo n'avait pas encore renoncé complètement à une vie de couple, à une famille et compagnie. Sa mère l'y avait pourtant préparé de manière peu diplomatique, puis Marlène avait fini le travail en beauté. Il valait mieux qu'il arrête de penser à cela dans la salle d'attente. Au cas où il se remettrait à avoir la joue qui clignote.

Cathy attendait depuis une heure et deux personnes arrivées après elle étaient passées avant elle. Fallait-il qu'elle sorte son insigne pour avoir son tour dans l'agenda fantasque de cette dentiste ? Qu'elle trouve une raison pour qu'on interpelle ce gars si mignon, qu'on menotte ses petits poignets de jardinier du dimanche, le temps qu'on lui arrache cette putain de dent ? Elle n'avait pas fermé l'œil et d'accord, elle avait eu un rendez-vous en urgence, mais tout de même, un peu d'humanité. En prime, elle n'avait pas que cela à faire. Françoise s'apprêtait réellement à la prendre, en appelant le patient suivant, mais ce fut plus fort qu'elle, elle invita Hugo à la suivre. Dans un dernier sursaut de procrastination, le dernier il se le promettait, et avec le sentiment de justice qui le pétrissait depuis le plus jeune âge, Hugo laissa cependant passer Cathy. Elle se retourna avec un regard si reconnaissant qu'il crut sentir le parfum à la violette de Vinciane. S'il la recroisait, il s'occuperait d'elle, promis juré. *Erci onsieur*, articula Cathy, dont l'abcès palpitait maintenant dans le crâne.

Quand il quitta Françoise, Hugo n'en pouvait plus. Il était à la limite du burn out, il avait encore Brigitte dans le coffre et Axelle l'attendait. Il n'avait rien dans le ventre depuis le petit-déjeuner. Et il n'avait pas avancé avec Françoise. Une fraiseuse et un aspirateur dans la bouche n'étaient pas propices au moindre pas en avant dans une relation avec une femme, même s'il s'était découvert, depuis quelques semaines, un haut potentiel dans le domaine. Brigitte pouvait attendre, il irait se prendre une frite avant de rejoindre Axelle, pas question de retomber dans les pommes devant elle, elle finirait par croire qu'il était un faible, ce qu'il n'était pas, ou qu'il le faisait exprès, ce qui n'était pas vrai. Depuis la mort de Gaby, Hugo ne savait plus où aller chercher des frites. Il errait de friterie en friterie. Pour l'heure, pas moyen de filer à Malonne. Celle de la place des Célestines ferait l'affaire.

En glissant la photo de Brigitte dans le cadre, épuisé mais ne dérogeant pas au rituel du champagne, Hugo se dit que cette portion de frites, dans le froid et la neige, avait été le meilleur moment de sa journée. L'odeur, déjà. Et puis ce goût. Et ce mélange chaud froid piquant salé de la frite immergée dans la sauce andalouse, vraiment, c'était un sommet. Aucun restaurant gastronomique n'avait le pouvoir de faire jouir, oui, c'était le bon mot, de faire jouir ses papilles de la sorte. Pour deux euros quinze centimes, il était le plus heureux des hommes. Le bonheur est une notion complexe et ne pourrait se réduire à la béatitude du mangeur de frites, mais tout de même. Quand il pensait à son petit-déjeuner avec une fille formidable, au jacuzzi luxueux et accueillant de Brigitte, à la gentillesse de Françoise qui en plus de le soigner avec une grande douceur avait dégrafé son chemisier jusqu'à l'équateur, quand il pensait à la beauté du volcan de Malonne sous la neige, aux endorphines qui le galvanisaient en taillant la haie ou encore à ce réveil délicieux devant la Sambre noire d'un matin d'hiver dans un studio hors de prix, Hugo se félicita d'avoir le bonheur simple, sobre, bon marché, accessible. Tant de gens se rendaient malheureux en espérant l'impossible. Il n'était pas loin de croire que c'était le cas de Marlène, à bien y penser. Il était aux petits soins pour elle. Il faisait ses travaux, ses recherches, il l'aidait à comprendre les cours, à étudier, il faisait parfois ses visites, quand elle n'en pouvait plus de jongler trilingue, c'est lui qui repassait, cuisinait, nettoyait. Que voulait-elle de plus ? Il la complimentait, l'encourageait. À l'impossible nul n'est tenu. Marlène voulait l'impossible. Un bon plan pour être malheureuse.

Axelle l'avait refroidi. Il ne revenait pas sur la décision de s'occuper de son bonheur, mais il était moins chaud. Était-ce hormonal ? Un effet secondaire de la chimio ? Était-elle encore une femme, une vraie ? Ce n'est pas le nombre de seins qui fait la femme, il était le premier à le dire. La question n'était pas là. Pas plus que dans la longueur des cheveux. Il était ouvert, moderne. Il était pour le changement, même celui des mentalités. Sans changement pas d'Histoire avec un grand H. Mais clairement, elle lui avait fait des avances. Et ça, pour Hugo, c'était tout sauf féminin. La visite, le petit-déjeuner, la main sur son bras pendant le film, cette fille le draguait, y avait pas photo. Non seulement il n'était pas habitué, mais en plus il se sentait démuni, prêt à être dévoré, enfourné, violé. Lui qui pensait que les femmes avaient du mal avec leur féminité après une ablation du sein. Parce qu'en plus, elle assumait. Elle ne comptait pas faire une reconstruction. Son coach lui disait qu'elle devait d'abord accepter le manque, digérer le trou, apprivoiser le cratère. Après seulement, ce serait un choix, son choix. Il n'avait donc pas eu besoin d'un pelotage discret pour vérifier, c'était une femme, de ce côté-là. Il avait dormi pendant tout le film et avait justifié la fatigue pour ne pas aller boire un verre mais en réalité, il avait envie de prendre un peu de recul. Reculer pour mieux sauter, voilà. Ils pouvaient se voir le lendemain, bien sûr.

Axelle avait ensuite passé deux heures sur Skype avec son coach qui était vraiment fier d'elle. Elle se prenait en main, elle ne s'enfermait pas dans des codes éculés, elle avait un objectif et se donnait les moyens de l'atteindre, elle allait de mieux en mieux, cela ferait quatre-vingts euros. Pendant cette consultation dont le fisc ignorerait tout, Hugo s'était occupé de Brigitte qui était déjà toute raide. Cela ne lui avait pas facilité la tâche, il avait même dû couper dans la robe pour y passer les bras. Pourtant, il avait des modèles avec élasthanne dans son stock. Impossible de la déplier. Il fit un gros plan sur le visage. Il dut repasser chez Guy parce que la noix de coco ne suffisait plus, Vinciane commençait à sentir aussi, quant à Ginette, autant elle puait avant, autant rien ne s'arrangeait dans son avenir. Il fit un bouquet printanier : violette pour l'une, muguet pour l'autre, lilas et primevère pour les dernières arrivées. Il aurait bien repris un jacuzzi, profitant que c'était à deux pas, mais ce n'est pas parce qu'on rend une femme heureuse qu'on a entrée libre dans son espace bien-être, Hugo en était conscient.

Il reprit une deuxième coupe de champagne. Celle qu'il n'avait pas eu le temps d'offrir à Brigitte, la pauvre. Il restait Françoise. Axelle. Deux ou trois qui commençaient à mordre sur Internet et, pourquoi pas, la petite brune qu'il avait croisée chez Françoise. Dans un bon mois il recommençait à travailler, il devrait peut-être songer à prendre quelques jours de congé. Ce n'était pas son genre de penser en termes de congés, d'autant qu'il ne travaillait pas pendant six mois et n'était jamais malade, mais il avait entendu sonner les « clochettes de Burnowte », pas plus tard que cette après-midi et Axelle elle-même l'avait mis en garde. Ce serait pour demain. Un tiens vaut mieux que deux tu l'auras. Il commencerait par passer chez Régis, puis chez Papyrus, les filles étaient sympas et il ne voulait pas faire de jaloux, dans une si petite ville et avec tout ce qu'on lisait sur les fermetures des librairies. Voilà des femmes heureuses, tiens. Des grands sourires, des explications à la tu-en-veux-je-t'en-donne, cette sensation qu'on leur fait un cadeau en aimant lire, qu'on partage une même passion et que ce lien est plus solide que les autres, nous rassemble en une famille infinie, pour le meilleur et pour le pire de ce que les auteurs sont capables de pondre, les éditeurs de publier et les chroniqueurs de massacrer ou porter aux nues. Dans cette galère du livre, ces femmes rament avec leurs lecteurs en souriant comme si elles avaient gagné le gros lot et ont tellement l'air contentes de voir entrer leurs frères et sœurs de lecture que chacun d'eux repart avec plus qu'il ne pourra en lire avant la prochaine visite. Régis est plus retenu. Chaque livre est précieux. Il les vend avec parcimonie comme si ça lui faisait mal de s'en séparer. Ou comme si c'était lui qui devait débourser l'argent pour les acheter. Hugo le lui a déjà dit. Avec sa sœur c'est autre chose, elle lit tant de livres qu'elle aime qu'on aurait presque peur de lui demander une suggestion. Régis, c'est les gens qu'il aime. Il connaît ses clients, leur vie, il a toujours une petite question bien ciblée, puis il écoute. Ce n'est pas en jouant au psy ou en étant ami avec tout le monde qu'il allait devenir millionnaire, mais Hugo avait beau le lui conseiller, c'était plus fort que lui. Bref, Hugo irait des deux côtés le lendemain matin, maximum un livre par librairie, il laisserait sa carte de banque à la maison pour être sûr de ne pas se laisser déborder. Le bonheur des femmes était un puits sans fond dans son petit budget de saisonnier, il le mesurait mieux que quiconque. Il reporterait le rendez-vous avec Axelle. Plus elle en voulait, plus elle semblait heureuse, le manque n'était pas incompatible avec le bonheur pour elle, son coach faisait du bon travail. Disons que vu les tarifs du descendant chamanique et la durée du traitement, Hugo se sentait plus rentable, et il ne put s'empêcher d'en retirer une certaine fierté. Il dormit comme une bûche.

Namur est une petite ville. Tout le monde se connaît, se retrouve ou se croise. Chez Régis, Hugo tomba sur le mari de Vinciane, devina-t-il, qui pleurait comme un veau, espérant encore qu'elle allait revenir après une petite escapade. Il voulait se rapprocher de sa femme, lire ce qu'elle aimait lire, Régis l'écoutait comme s'il était le seul client en attente. C'était à la limite d'énerver Hugo. Un commerçant est un commerçant, tout le monde n'est pas à mettre dans le même panier pour autant. Lui, il était son ami. Ils se connaissaient depuis huit ans maintenant. Il rangea son livre dans le rayon et fila chez Papyrus avant de péter une durite. C'était un signe de burn out, il en était bien conscient, ce n'était pas pour rien qu'il prenait une journée de détente. Mais si c'était pour se sentir mal dans la librairie de son propre ami parce que celui-ci prenait le temps de conseiller les maris effondrés après de longues années de négligence, il finirait par se fournir sur Amazon, quitte à fermer les yeux sur les traitements réservés à ses salariés. Il ne pouvait pas sauver le monde entier, non plus. Il repartit de chez Papyrus avec quatre livres, ces filles étaient douées, et en sortant de là, il croisa la petite de la salle d'attente, qui avait aujourd'hui le visage carrément déformé. *Ça n'a pas l'air d'aller mieux,* lui dit-il en la laissant entrer. *Fest l'enfer, mais merfi pour hier*, répondit-elle en laissant jaillir une larme. Il avait pitié d'elle. Cette douleur-là, il la connaissait bien. Il compatissait. Mais il ne pouvait rien faire pour elle, il n'était pas dentiste. Et si elle souffrait d'autre chose, c'était à ce stade impossible à deviner. Aucune douleur, dans l'océan des peines, ne rivalisait avec une rage de dents. On ne sentait qu'elle, on ne voyait qu'elle. Si le destin l'avait désigné pour participer au bonheur de cette petite, Hugo la croiserait à nouveau. Jamais deux sans trois. En attendant, il allait rentrer chez lui fissa. Il devenait de plus en plus sensible, il devait se protéger du malheur d'autrui pour mieux s'en occuper ensuite. Se refaire une santé émotionnelle.

Cathy avait avalé tellement d'antidouleurs depuis deux jours qu'elle avait l'impression d'avoir troué son estomac avec une matraque. Elle avait fini par demander un jour de congé, même si ce n'était pas le moment. Elle était noyée sous les rapports. Depuis quand n'avait-elle pas pris un jour de congé de maladie ? Et pour quoi faire ? Sa vie, c'était son travail. Pas besoin de loisir quand on a trouvé sa place dans le monde et Cathy avait trouvé la sienne. Le coup de bol absolu. Aucun diplôme, aucune compétence, même pas bilingue, juste un parcours scolaire merdique, une bonne orthographe et un goût immodéré pour les romans policiers. Cette année-là, ils engageaient trois secrétaires à la police. Le gars qui avait été désigné pour faire la sélection avait basé ses questions sur des enquêtes qu'elle avait lues dans des romans, elle avait fait un sans-faute et avoué au final qu'elle connaissait les livres sur lesquels il avait construit son questionnaire. *Honnêteté, intelligence, culture, franchise, jolie voix. Autre chose ?* Ça faisait beaucoup de compliments à la fois pour la petite paresseuse de service, comme l'appelait son dernier titulaire. *Et côté orthographe ?* C'était la seule chose qu'elle faisait de bien à l'école, Cathy, à force de passer sa vie dans les livres alors oui, côté orthographe, elle se débrouillait. Elle avait eu le poste et faisait tout pour mériter d'y rester. Elle ne voulait aller nulle part ailleurs et ils n'étaient pas tendres, les flics, les chefs de flics, les inspecteurs et tous ces dyslexiques qui lui faisaient taper plus de rapports qu'à son tour en moins de temps qu'il n'en faut pour les dicter. À force, elle savait tout sur tout. Qui battait sa femme, qui buvait, qui fuguait ou qui volait un mascara, combien valait telle montre ou dans quelle voiture untel avait été repéré avec unetelle, elle connaissait les maîtresses des hommes politiques et le nom de ceux qui avaient les mains baladeuses, elle était le centre névralgique du compte rendu officiel ou officieux, la secrétaire qui survivait. Celle dont on ne pouvait plus se passer. Mais elle était claquée. De douleur, d'antidouleurs, d'insomnies. Qu'ils se débrouillent sans elle, elle allait lire un bouquin en une traite, comme si c'était dimanche.

Évidemment, si elle se trouvait un petit mec comme celui-là, qui venait de sortir de la librairie les poches pleines de livres, elle ne dirait pas non à une journée divan/bouquin en duo.

Côté santé émotionnelle, Axelle pétait un câble. Elle se regardait dans la glace, avec ou sans tee-shirt (*Comment se faire du mal*, tome 1), elle caressait sa joue, son cou, avec la main qui avait senti la chaleur du bras d'Hugo et en avait gardé l'odeur quelques heures (*Comment se faire du mal*, tome 2), elle se prépara un yaourt bio avec des fruits secs pour le souper (*Comment déprimer trois fois par jour*, tome 1), puis elle sécha ses larmes, enfila sa doudoune, ses Moon Boots et partit chez Hugo (*Comment ne plus jamais souffrir*, à paraître) sans savoir ce qu'elle lui dirait. Elle fit un détour, elle voulait reprendre un peu la distance, penser à autre chose qu'aux mains d'Hugo sur son corps de femme libre, elle eut le temps de faire deux fois le tour du centre, de se faire voler son sac avec une beigne en bonus, de passer chez les flics pour faire une déposition. Autant dire qu'en arrivant chez lui elle était sexuellement dégrisée, émotionnellement assommée et qu'avec le tri qu'elle avait fait dans ses relations, à part chez Hugo, elle ne voyait pas où aller. Après tout ce travail sur elle-même, tout ce qu'elle voulait, c'était se sentir protégée. Et Hugo avait cela en lui. Cette possibilité de protéger. Il donnait étrangement cette impression d'avoir les moyens de la rendre heureuse, elle, elle qui n'avait pas le bonheur facile, à y réfléchir et quoi qu'en dise son coach. Quand Hugo ouvrit la porte, il ne reconnut pas tout de suite la bombe sexuelle qui l'avait effrayé la veille. *Mon Dieu Axelle, que t'est-il arrivé ?* Il voulait la paix, raté pour ce soir. Mais Axelle avait le visage gonflé, virant au bleu, les traces de rimmel achevaient de faire de son visage un modèle réussi pour masque d'Halloween. Il la soutint par le coude, l'aida à monter, s'assit sur le divan et l'entraîna à s'asseoir elle aussi, la prit dans ses bras. Le temps qu'elle noie ses manches de larmes, il fit le bilan. Il ne pouvait pas la laisser ainsi, même s'il avait un peu peur de cette excentricité féminine ambulante. Il se l'était promis, sur la tête de Marlène et sur celle écrabouillée, déchiquetée, de sa pauvre mère, plus jamais il ne laisserait une femme souffrir sans rien faire. Il s'était coincé tout seul et ne pouvait s'en prendre qu'à lui-même. Il fallait qu'elle parle, qu'il sache ce qui lui était arrivé, pour chercher concrètement ce qu'il pouvait faire pour elle. Les abstractions, très peu pour lui. En même temps, cette femme avait-elle le bonheur accessible ? Cette question s'insinuait dans son esprit depuis qu'il avait vu son visage tuméfié, lequel lui faisait horriblement penser à Sabine, quand, sans réponse de Chrichri pendant une demi-journée, elle montait jusqu'au bureau exposer la brutalité du grand amour de sa vie, parfois déjà ornée du collier du Grand Pardon. Hugo eut un vague moment de désarroi, comme devant la tablée du Pain Quotidien l'autre jour. N'avait-il pas mis la barre trop haut ? Avait-il les moyens, lui, de comprendre de quoi les femmes souffrent et de pourvoir à leur bonheur, quand elles souffraient tant ? Son pull était trempé, Axelle s'agrippait à lui comme un escargot à sa coquille, une question de vie ou de mort. Puis elle lâcha prise et il lui prit la main, c'en était toujours une qui n'irait pas explorer sa musculature d'historien saisonnier. L'autre était coincée entre leurs cuisses, au bout du bras coincé entre leurs côtes, il pouvait sentir la béance qui l'avait fait bander rien qu'à y penser. Il avait envie de voir, de toucher, de mesurer, mais ce n'était ni le moment ni l'instant et surtout, il ne voulait pas avoir mal comme l'autre fois, pitié ! Il sublimerait, comme il l'avait fait quand il s'était rendu compte qu'il ne retrouvait pas le nez de sa mère. Et zou, voilà un souvenir qui émergeait. Le médecin avait raison. Tout pourrait revenir, sans prévenir et parfois au moment où il s'y attendrait le moins. Axelle se détendit, parla. Il mit en œuvre ce que tout psychanalyste bien rodé aurait fait : l'écoute flottante. Et c'était un fameux flot. Il garderait les mots qui s'entrechoquaient, ceux qui émergeaient, il lierait ce qui était à lier et interpréterait selon l'ambiance et le minutage. Mais il ne fallait pas avoir suivi cinq ans de psychanalyse pour se faire un topo : Axelle se livrait corps et âme (*Comment se faire avoir au bout du compte*, tome 1) avec une telle sincérité que, négligeant le transfert, le contre-transfert et tout le toutim, il fit ce qu'il n'avait jamais fait : il lui parla de sa coudure. De l'impossibilité qui était la sienne de satisfaire son corps à elle parce qu'il était tordu. Axelle ne bronchait plus. Jamais aucun homme ne lui avait dit quelque chose de si intime (*À partir de quel moment se méfier*, tome 1). Il raconta comment il l'avait découvert, devant sa propre mère quand, alors qu'elle le savonnait vigoureusement pour la dernière fois, il s'était tendu courbé, comment le dire autrement ? Ça lui avait fait un mal de gueux, et ils avaient hurlé à l'unisson. Puis elle avait repris ses esprits et lui sa mollesse, et elle lui avait conseillé de ne pas en parler aux filles, c'était la première fois qu'il en parlait, parce qu'il avait confiance en elle, elle était vraiment quelqu'un de bien, une femme vraie, honnête, pas du genre à se poser en victime, la preuve en était son écoute attentive, alors qu'elle venait de se faire agresser par des voyous et que c'est lui, qui aurait dû l'écouter elle. C'est tout ce qu'il avait trouvé mais il avait fait mouche. Inspiré, il poursuivit, murmurant presque, que si il n'avait pas senti en elle cette grande soif de vivre, cet appétit pour les corps, ce besoin de tendresse, de sexe et blablabla, il aurait fait sa cour avec soin, créativité et amour, oui, n'ayons pas peur des mots, mais là, avec cette coudure, elle était au-dessus de ses moyens et lui ce qu'il voulait, c'était son bonheur à elle. Axelle s'était légèrement redressée. Touchée en plein cœur. Mesurant qu'elle venait de gagner deux années de coaching, qu'elle était prête à une reconstruction, mais qu'elle pouvait désormais s'en passer. Oui, elle voulait bien une coupe de champagne. Ils étaient deux amputés (elle pensait aux parents d'Hugo), deux tordus sur la ligne droite qui menait de la naissance à la mort (elle pensait à son centre de gravité désaxé à elle et à son sexe à lui). Hugo déposa sa coupe de champagne et lui caressa le crâne. Un duvet chétif et blond l'adoucissait délicieusement. Avait-il jamais eu un tel moment de tendresse depuis sa première érection ? Avait-elle reçu autant de douceur spontanée depuis sa première mammographie ? Ce n'était pas le crâne dévasté qu'Hugo caressait, c'était son âme même. Oui, elle voulait bien un thé. Il y avait entre eux le beau silence de ceux qui ont tout dit. Hugo lança les *Kindertoten lieder* que décidément il aimait beaucoup, s'agenouilla devant Axelle en lui tendant prudemment sa tasse de thé et lui dit :

– Je croyais que tu t'enfuirais, je pensais que je n'étais pas à la hauteur pour une femme comme toi, et tu es là, Axelle, je voudrais que tu sois là toujours, je voudrais que tu m'offres le privilège de veiller sur toi comme j'ai envie que toi, tu veilles sur moi, je sais que je peux compter sur toi, tu es solide, je veux que tu saches que je suis solide moi aussi. Veux-tu m'épouser ?

Évidemment, elle voulait bien. N'importe laquelle aurait dit oui devant ce tableau formidable. Il faut imaginer un lied de Mahler, la baie vitrée donnant sur la Citadelle éclairée, une péniche qui passe sous leur nez, elle qui vient de se prendre une raclée, qui n'a plus de papiers, plus d'argent et même plus de rouge à lèvres et lui, à genoux devant elle, anxieux (que faire si elle dit non, après tout ce qu'il lui a raconté ?) comme si sa propre vie en dépendait. *Oui, je le veux, Hugo.* Et elle s'endormit. Encore bien qu'il avait prévu une ou deux robes en réserve, histoire de ne pas devoir remonter à la Citadelle pour un oui pour un non. Il prit la photo, l'imprima, la mit dans le cadre et s'offrit une coupe de champagne, il pourrait ainsi aller dormir directement en rentrant de la Citadelle. Sa voiture était garée en bas, Namur était désert dès 22 heures en semaine, ni vu ni connu, il était déjà minuit. Lui qui voulait une soirée tranquille, c'était réussi. En installant Axelle et en regardant son visage certes tuméfié mais paisible, adorablement apaisé, il n'eut pas de regret : après tout ce qu'elle avait traversé, il se dit que c'était une franche réussite, un si beau sourire. Il arrosa Charlotte, Vinciane, Laetitia, Ginette et Brigitte, sinon il n'aurait jamais le courage de revenir, cela devenait intenable. Il ne savait plus quel parfum allait à qui, il fit un joyeux mélange d'apprenti parfumeur qui, de toute façon, ne pouvait être pire que l'odeur qui l'avait accueilli.

07

Il fallait faire le bonheur de Françoise s'il voulait profiter pleinement des quelques jours qu'il s'octroierait. Et il en avait besoin. Il ignorait comment il avait eu la présence d'esprit de réagir comme il l'avait fait, mais il l'avait fait, c'était le principal. Il avait aimé caresser le crâne d'Axelle. Cette promiscuité, cette confidence extrêmement éprouvante et son écoute, tout l'avait mis en confiance et oui, il avait aimé ce geste tendre envers elle. C'était sa manière maladroite de lui dire merci. Elle n'avait pas hurlé, pas demandé à voir, elle n'avait pas parlé d'opération et ce genre de choses dont il ne voulait rien entendre. Elle et lui voulaient être aimés comme ils étaient, finalement, et cela les avait incroyablement rapprochés. Le travail du deuil de sa relation avec Marlène, dont Chrichri lui avait parlé, était-il enfin en route ? Il avait caressé Axelle, et il n'avait jamais caressé Marlène. Devait-il y voir un signe ? Les premiers pas d'une guérison ? Parce que c'était une maladie. La peine d'un amour qui se finit, ça ronge, ça rampe, ça irradie l'âme plus sûrement qu'un rayon x. Il avait rebondi, comme Chrichri le lui avait conseillé mais il souffrait encore, il ne pouvait pas dire le contraire. Il avait rebondi en s'occupant des autres. Mais s'occuper des autres, n'était-ce pas une fuite devant sa propre douleur ? Il ne comptait pas revenir sur sa décision, son choix mûr et réfléchi, promis juré sur deux têtes précieuses. Ce soir, en s'occupant d'Axelle, il s'était aussi occupé de lui. *Dieu te le rendra*, aurait annoncé sa mère au moment de la promesse et voilà, il y était. Axelle, qu'il voulait aider, lui a fait du bien. Il se sentait moins lourd, il avait enfin partagé son secret, sa honte, il s'était senti aimé (un truc dans le genre) et il avait caressé une femme. Il avait aimé cela. Demain était un autre jour, il alla dormir, ne rêva pas, se réveilla frais comme un brochet mosan.

Il passa chez Françoise à l'improviste, attendit dans sa salle d'attente et vit avec joie son sourire s'illuminer à sa vue. Cathy sortit du cabinet et lui fit signe. À ce stade, n'importe quel lecteur un tant soit peu féru d'ésotérisme se dirait que l'âme d'Ursule Doigny n'avait pas été malmenée autant que son corps et continuait vaille que vaille à veiller sur son rejeton, mais non. Cathy avait dégonflé grâce aux antibiotiques – Françoise avait enfin pu soigner cette carie – et Hugo était venu de son propre chef, bien décidé à clore le dernier dossier en cours. Un pur hasard, donc, dans une conjoncture favorable.

Françoise n'avait pas eu le temps de déboutonner son chemisier mais elle venait de lui trouver deux petites caries de rien du tout, elle proposait de régler ça sans anesthésie puisqu'il n'en avait plus une qui ne soit dévitalisée après une enfance massacrée par des collègues incompétents. L'aspirateur, la fraise, les morceaux d'ouate, elle était prête à lui déballer le morceau. Elle était une femme libre, pas question d'avoir un homme à demeure, pas question d'en écouter un lui raconter les mêmes blagues pendant vingt ans, de le moucher dès qu'il avait un rhume et encore moins de lui réapprendre à parler après son accident vasculaire cérébral, merci bien. Elle, l'amour, elle n'y croyait pas, dit-elle avant d'attaquer la deuxième carie. Mais elle aimait les moments légers, les aventures d'un soir, et, à la veille de la cinquantaine, oui, elle avait une préférence pour les jeunes trentenaires bien bâtis, tout en précisant qu'elle préférait qu'ils aient un peu de cervelle, c'est pour ça qu'elle avait pensé à lui, et qu'elle était ravie, si elle pouvait dire ça, de lui avoir trouvé deux petites caries ce matin. Hugo était scié. Il avait tout faux. Cette femme était heureuse. Elle avait trouvé le truc pour qu'aucun homme ne la fasse souffrir. F.R. Les mêmes initiales que Félicien Rops. Au lieu de passer ses soirées à écrire des lettres qu'une armée d'historiens et gens de lettres passeraient leur carrière à répertorier de par le monde, elle faisait son marché en fraisant la cavité buccale de ses proies, elle annonçait d'emblée qui était le maître. Plus il avançait en âge, plus Hugo mesurait la complexité et la variété humaine. Quand il était petit, il était persuadé que tous les enfants pensaient comme lui au même moment que lui, il croyait que toutes les mamans aimaient leurs enfants comme sa maman l'aimait. Il avait pris conscience de sa différence en bandant de travers, puis en ramassant les restes parentaux parmi les tôles éventrées et depuis, l'humain devenait une bibliothèque infinie. Mais là, coincé sur le siège entre les seins libres et joyeux de Françoise, la fraiseuse rangée, il était perplexe. Allait-elle lui mettre un plombage foncé ou une résine claire ? Il leva le doigt comme un écolier pour lui poser la question mais toucha malencontreusement une de ses côtes flottantes. Françoise prit le geste pour une réponse positive à son invitation et il s'en fut de peu qu'Hugo n'y perde douloureusement sa virginité sur le temps que les plombages durcissent. Il eut le temps de faire signe négativement, envoyant le laser valdinguer, la remercia mais non, il n'était pas intéressé, même s'il trouvait que pour son âge, elle était vraiment très belle. Que dire d'autre ? Il ne voulait pas lui faire de peine, mais il n'était pas venu sur terre pour combler les femmes sexuellement, sinon il n'aurait pas été fait comme il l'était, il l'aurait eue droite, tout simplement. Pas question non plus de lui parler de sa coudure, une fois mais pas deux. Et puisqu'elle ne souffrait pas (le désir sexuel, Hugo ne le portait pas au rang des souffrances de l'âme), puisqu'elle avait suffisamment de patients pour faire son marché en semaine, il s'en tira avec un gentil compliment, sans voir flétrir le sourire de la pré-cinquantenaire qui commençait à en avoir assez, de ces petits compliments. Ce qu'elle voulait, elle, c'était une bonne fessée, une main qui poigne sans les premiers rebonds de sa pré-ménopause, ou même un baiser dans les toilettes du théâtre, mais quelque chose. Quand on travaille comme indépendante, on n'est pas sur la route au moment où les mecs tombent du camion, c'est bien connu.

Hugo avait l'impression d'abandonner la Citadelle aux Ottomans, mais c'était plus fort que lui, il devait se tirer et il l'avait échappé belle. L'air de rien, il était en congé, héhé. Autant regarder le positif. Il vit Cathy dans le bistrot à côté du théâtre et entra. Il n'avait eu que des relations intéressées ces derniers temps, il était toujours sur le gril, il avait envie de s'offrir un moment gratuit, pour commencer ses vacances. Dans un mois il reprenait du service, Chrichri lui avait envoyé son contrat d'été en même temps que son contrat d'un soir (avec un petit mot de remerciement sur une carte de visite aux couleurs de la nouvelle charte graphique, plus moderne, plus actuelle, il reconnaissait bien là sa Chrichri).

– Je peux m'asseoir ?
– Bien sûr.

Le plus beau gars de la ville venait s'asseoir à sa table. Genre Ian Somerhalder sans les yeux bleus. Dans une heure Cathy reprenait le travail, il lui restait trente pages de polar à lire et elle s'en fichait presque. De toute façon, elle avait du mal à se concentrer. Hugo trouvait cette fille sympa, sans risque et sans souffrance amoureuse, repos pour le guerrier. Et elle lisait. C'est rare, une fille qui lit dans un bistrot namurois. Si les femmes étaient moins compliquées, moins envahissantes avec leurs problèmes, il vivrait bien avec une lectrice assidue. Une qui serait capable de passer la journée dans un divan avec un bon roman, à côté de lui qui lirait un bon roman. Le rêve absolu. *On ne construit pas sa vie sur ses envies*, il avait bien intégré les préceptes maternels mais s'offrir un moment avec une fille qui lisait un roman, ce n'était tout de même pas faire un projet de vie avec elle, il pouvait bien s'offrir ce plaisir-là. Après tout ce qu'il avait fait pour les autres.

– Continuez votre lecture, je ne veux pas vous déranger.

– J'ai du mal à me concentrer.

C'était reparti pour un tour ou quoi ? Il les attirait ? Les bénévoles n'avaient pas droit à un peu de repos, eux aussi ? Allons-y mon kiki, quand faut y aller, faut y aller.

– Ah bon ?

– Je ne devrais pas parler de ça, mais au boulot, ils ne m'écoutent pas.

Encore une qui travaillait avec une bande de machos. Hugo commanda un café, Cathy prit un thé. Il n'y vit aucun signe, ce n'était pas son genre. Les faits sont les faits.

– Je n'en dors plus.

En la regardant droit dans les yeux, Hugo voyait que cette femme était tracassée, pas en souffrance. Ce n'est pas pareil du tout. Quand Marlène lui avait dit *je n'en dors plus*, elle souffrait. Elle le lui avait presque hurlé deux minutes plus tard. *C'est fini, Hugo, je te quitte. Au début, c'était une énigme, puis ce fut une torture, maintenant c'est juste une souffrance. Je n'en dors plus, tu m'entends ?* Il n'était pas sourd. Il était sur le cul. Marlène souffrait. À cause de lui. Ben ça alors. Lui qui l'aimait tant. Depuis si longtemps. Aimer Marlène était devenu sa deuxième nature, son CDI temps plein. Et elle souffrait. Ça alors. *Le seul moment où j'ai été vraiment heureuse avec toi, Hugo, c'est quand tu m'as demandée en mariage. J'ai adoré ta mise en scène. J'ai adoré notre entrée dans la galerie Médiane remplie de bougies, j'ai adoré la salle que tu avais décorée, ce que tu m'as dit, Hugo. Je devenais une princesse, une fée, je voulais devenir ta fée, et puis cette table, cette nappe de dentelles, ces coupes de champagne, tout était si beau, Hugo. Et j'y ai cru. D'un coup, tout était clair : tu attendais le mariage alors oui, je voulais bien t'épouser. Mais là, c'est fini, je ne veux plus, je te quitte. Et je ne veux plus jamais te voir.*

– Vous pleurez ?
– Je reviens de chez le dentiste.
– Je comprends.

Une femme simple. On lui dit un truc et elle ne commence pas à poser mille questions. Elle ne donne pas de conseils. Elle écoute, elle comprend. Est-ce si difficile ? Est-ce trop demander ? Avait-il devant lui la femme parfaite ?

– Vous avez envie d'en parler, de vos problèmes au boulot ?

– Je ne vous connais pas. Finalement, c'est peut-être mieux. Mais là, je dois aller travailler, justement.

– Désolé pour la fin de votre livre.

– Pas grave.

– Je vous offre un thé ce soir ?

– Génial. Alors je paye les consommations de ce matin.

Une femme simple. Pas besoin de protecteur, de maternage ou autre. Ils sont d'égal à égal, sans ambiguïté, chacun son tour et pas de complications inutiles. Un homme beau, sympa, qui ne court pas après le temps et prend celui de l'écouter. Pas un chevalier servant qui voudrait l'acheter à coup de tisane et pas non plus un chômeur longue durée qui aurait flairé le revenu fixe. Parfois, l'amour commence comme ça. Moi je, et moi aussi, toi tu, et moi pareil. Dans les livres, dans les films, et dans la vie également, tous les amoureux le confirmeront. Dans les livres, c'est plus complexe, dans les films c'est rapidement dévasté, dans la vie ça finit en carnage. Hugo et Cathy, ce n'était pas un début d'amour. Ceux qui s'accrochaient dans l'espoir de trouver un truc qui ressemble à un roman sentimental peuvent refermer le bouquin. C'était plutôt le début d'une première vraie et grande amitié, pour chacun d'eux. Ce genre de rencontre dont l'on mesure très vite qu'elle sera fondamentale, sans comprendre pourquoi. Dans leur cas, ça finira mal. Mais l'amitié naissante adoucira les choses. C'est déjà pas mal, vu le contexte.

Cathy tapa de nouveaux rapports, de quoi devenir dingue. L'idée d'en parler à Hugo faisait son chemin. Un regard extérieur avait parfois résolu des énigmes après des années de surplace. Cathy sentait qu'un nouveau chapitre s'ouvrait dans sa vie. Elle avait le boulot et les bouquins, pas de place pour autre chose, et voilà qu'elle avait un rancard. Comme par magie, le temps qu'elle n'avait jamais était là, à disposition.

Elle parlerait à Hugo de ces femmes qui disparaissaient depuis quelques semaines. Des dossiers sans rapports les uns avec les autres. D'ailleurs elles disparaissaient, cela ne voulait pas dire qu'elles étaient victimes, mortes ou Dieu sait quoi. Elles n'étaient plus là. Au poste, ils étaient tous d'accord, ils comprenaient que certaines femmes se tirent. Ils suivaient la procédure, mais ils ne voyaient aucun lien entre les disparitions. Cathy non plus. Elle ne voyait rien, mais elle sentait qu'il y avait un lien. Et ça ne sentait pas bon du tout, elle en était persuadée. Elle pourrait en parler avec Hugo sans citer les noms. De toute façon, puisque personne ne la croyait, ce n'était même pas une piste. Ce n'est pas parce que la secrétaire lit des polars qu'elle a du flair ! Ben tiens. Cathy n'était pas une féministe blessée, elle ne se formalisait pas de ce genre d'attitude, non. Le problème, à ses yeux, c'était les victimes, leur nombre croissant. Cette menace qu'elle sentait planer sur la ville sans pouvoir la cerner. Ces femmes qui souffraient ou avaient souffert. Cathy, sans être féministe, avait du mal avec la souffrance de ses pairs. Tant de siècles déjà. Trop sensible, selon les uns, trop portée sur le romanesque selon d'autres, mal baisée de l'avis d'autres encore. Elle était la première à défendre la veuve et l'orpheline, c'est vrai. Mais elle n'avait jamais ignoré les veufs et les orphelins. Dans le cas présent, dans cette inédite constellation namuroise de disparitions féminines, il s'agissait de femmes. Femmes-Namur-disparitions. Ça ressemblait à un lien, non ? Unité de lieu, de temps, d'action. Ça commençait même à ressembler à un mauvais film.

Ils avaient rendez-vous au pied du Beffroi. Cette tour filait des frissons à Cathy. Le Moyen

Âge n'était pas son meilleur souvenir scolaire. Elle était mutée à Namur depuis quelques mois, les vestiges du passé l'émouvaient davantage que ceux qui passaient par là dès qu'il y avait un vernissage dans la galerie d'art ou une promotion à la crêperie bretonne.

– Vous aimez le champagne ?
– Je ne sais pas…
– Ok, faites-moi confiance, laissez-vous faire.

Ce gars était beau et fantasque. Un personnage de roman qui ne tiendrait pas la route longtemps sans défaut ou catastrophe. Ils entrèrent dans la crêperie. Il était historien et s'appelait Hugo, elle était secrétaire et s'appelait Cathy. Un vrai début de film à la Lucas Belvaux. C'était mal barré pour finir joyeusement. Pourtant tous deux étaient bien. Après des semaines trop chargées, des problèmes dentaires et trop peu d'heures pour lire, ils arrêtaient le temps, faisaient connaissance, se sentaient étrangement bien ensemble. Très vite pourtant, Hugo avait repéré qu'elle n'était pas namuroise. Un petit accent venu d'ailleurs qui lui réchauffait le cœur. Étonnant. Impossible à cerner. Elle avait travaillé à Charleroi, vivait à Namur depuis quelques mois et non, elle ne connaissait pas bien la ville et encore moins ses environs.

Dans la crêperie bretonne sur laquelle elle avait une vue plongeante, du haut de son kot niché au deuxième étage, Victoria vit la scène suivante comme si elle regardait une comédie romantique, genre avec Juliette Binoche et Ian. Ian Somerhalder était-il à Namur ? Était-ce possible ? Elle économisait depuis des plombes sur ses repas pour s'offrir de le voir de loin à Paris et voilà qu'il était là, qu'il s'agenouillait devant Juliette Binoche, lui passait la bague au doigt. Victoria se demanda si elle n'avait pas forcé sur son cours de droit. Elle vit ensuite les clients se lever, applaudir, elle vit le serveur arriver avec deux coupes de champagne, et Juliette regarder Ian avec des yeux énamourés. Elle avait raté le coche, tout ça pour un cours de droit alors que ce qu'elle voulait, elle, c'était monter une entreprise rentable et s'habiller chez Chanel. Ou alors sortir avec Ian. La vie était injuste. En attendant, elle avait snapchaté la photo à Sophie, Justine, Antoine et Denisse, elle l'avait facebookée et, dans moins d'une heure, elle ferait le buzz. En attendant, Cathy découvrait le champagne, Hugo l'amitié naissante entre deux êtres que tout rassemble ou presque.

– Des femmes disparaissent dans cette ville. C'est ça, le problème qui me tracasse.

Cathy ne pouvait empêcher sa voix de trembler. Faire confiance à cet inconnu était une aventure en soi, pour elle qui ne faisait qu'obéir ou lire. Allait-il la prendre pour une mythomane ? Une de ces nanas qui se nourrissent de fiction pour combler leurs vides ?

– Dans mon service, ils disent qu'il n'y a aucun lien, ils ne me prennent pas au sérieux.

– Moi, je vous prends au sérieux.

– Il y a Charlotte, Vinciane, Laetitia, Brigitte, Axelle, peut-être Ginette.

– Il y a un lien. Elles sont namuroises. Et vous ?

– Je suis originaire de Mons.

Bon sang mais c'est bien sûr. Cet accent, cet air provincial presque coupable, et la voix de sa mère qui revenait, elle aussi, estropiant quelques lettres trop dures. C'était donc ça. Hugo devait bien reconnaître que pas un instant, malgré la sympathie naturelle qu'il éprouvait pour Cathy, pas un instant la magie des Namuroises ne l'avait ébranlé depuis qu'il l'avait rencontrée.

– Moi aussi, j'ai envie de vous parler de quelque chose que personne ne peut entendre. Donnant donnant. Je sais où sont ces femmes. Et ne vous inquiétez pas, elles vont bien.

D'un coup, Cathy fut soulagée. Elle n'en dormait plus, elle se tracassait, tout ça avec un abcès en prime. Elle siffla son verre fissa et lui aurait pris la main si elle l'avait osé, tant cette bonne nouvelle la réconfortait.

Sous les yeux désespérés de Victoria, qui replongea sur son iPhone pour mesurer sa popularité à défaut de plonger dans les bras de Ian, Hugo se retrouvait devant une hésitation apparemment sans importance. Le thé ou la Citadelle ? Il avait envie de prolonger le moment en allant chez lui avant de monter, en prenant un thé par exemple, et à la fois il était pressé de lui montrer son trésor, maintenant qu'il savait qu'elle le cherchait sans le savoir. Il découvrait ce moment de torture durant lequel l'homme gamberge entre « chez toi ou chez moi » sans savoir quoi dire ni comment. Alors il lui proposa un thé. C'était sur la route.

Cathy aima ce studio rempli de livres, Hugo coucha discrètement les cadres, il avait envie que la surprise soit complète. Elle aima le thé. *Non, pas de sucre, merci.* Il était doux naturellement. Comme Hugo. Puis ils grimpèrent sur la Citadelle. Ils avaient envie d'air frais tous les deux, et Hugo, conscient qu'il y aurait un moment olfactif difficile pour Cathy, s'était dit qu'à pied, ils faisaient l'air de rien une bonne réserve d'air pur. Ça leur ferait du bien, de toute façon, à ces deux intellos sous-diplômés, un peu d'exercice physique. Hugo lui parla de la Citadelle. Son histoire, les siècles et les gens, les ventes et les héritages, les souterrains et les fêtes d'anniversaire, il lui parla de Chrichri, son amie, qui l'avait vraiment bien aidé à se ressaisir et y travaillait, c'était sa cheffe, en fait. Il lui parla de cette seconde naissance quand, deux ans après avoir perdu ses parents, il avait visité le cœur même de la Citadelle de Namur, cette termitière rongée par sept mille mètres de souterrains dont il était sorti, en suivant Chrichri justement, neuf. Lavé. Réparé. Ce lieu était le cœur de l'Europe, l'alpha et l'oméga, c'est là qu'était son trésor et elle serait la première à le voir, ce n'était qu'un début, un peu comme le facteur Cheval qui ne mesurait pas l'ampleur du résultat après avoir ramené dans son jardin les premiers cailloux. Une forme d'art brut en version wallonne, pur produit du terroir, il était sûr que Chrichri adorerait, il gardait la surprise pour son anniversaire, mais il était trop pressé. Maintenant qu'il en avait parlé, il voulait le montrer à Cathy.

Il lui montra, lui expliqua le concept. Elle vit ce qu'on peut imaginer. Sentit pire encore. C'est curieux comme l'imagination des lecteurs a du mal à se représenter les odeurs. Elle n'en revenait pas, ouioui c'était une œuvre originale, un trésor inestimable, elle s'attendait à tout sauf à ça mais non merci, elle ne voulait plus de thé, elle se sentait fatiguée. Elle avait une longue journée le lendemain, n'oublierait jamais cette soirée, mais elle préférait rentrer chez elle, elle était persuadée qu'ils se reverraient très bientôt, ouioui. Il insista pour la ramener mais elle était habituée à rentrer seule après ses heures. Alors Cathy partit tranquillement, un pas et puis l'autre. Jusqu'au commissariat. Elle passa le long du Beffroi, incapable de chasser de son esprit l'image des six cadavres souriants, habillés pour leurs noces tragiques, presque lumineux dans les galeries sombres et glacées. Victoria, toujours à sa fenêtre, se demanda pourquoi Juliette Binoche pleurait et revenait seule. De l'eau dans le gaz avec Ian ?

Ainsi sont les femmes, entre espoir et désespoir, pour un oui pour un non, surtout les Namuroises, et cela fait tout leur charme, selon certains Namurois. Pas de quoi en faire un polar, fût-il de gare.

DANS LA MÊME **COLLECTION**

Jean-Baptiste Baronian, *Meurtre à Waterloo*

Marc Hermant, *Les dépeceurs de Spa*

Isabelle Bary, *Braine blues*

Xavier Deutsch, *Au coin de la rue des Amours*

Véronique Biefnot, *Sous les ruines de Villers*

Evelyne Guzy, *Le martyr de l'Étoile*

Anouchka Sikorsky, *Crime à Louvain-la-Neuve*

Luc Baba, *Le mystère Curtius*

Jean-Luc Fonck, *Arrête arrête tu Maitrank !*

Jacques Mercier, *La francisque de Tournai*

Agnès Dumont, *Le gardien d'Ansembourg*

Eva Kavian, *Le Trésor d'Hugo Doigny*

Xavier Deutsch, *La Dyle noire*

Jean-Luc Fonck, *Les hommes préfèrent les grottes*

Retrouvez tous les ouvrages des Éditions Luc Pire sur
www.editionslucpire.be

NAMUR
CONFLUENT
CULTURE

NAMUR, VILLE D'ART,
DE CULTURE ET DE LITTÉRATURE

NAMUR
CONFLUENT
CULTURE

Namur Confluent Culture - Ville de Namur
081.24 73 31 - confluent.culture@namur.be - www.ville.namur.be

Achevé d'imprimer en octobre 2016 par l'imprimerie V.D. (Belgique)